暁《きょう》花《か》薬《くす》殿《どの》物語　第五巻《まき》

佐々木禎子

富士見L文庫

もくじ

人物紹介

暁花薬殿物語

帝《みかど》・貞顕《さだあき》

先帝やその子息が病で亡くなったため田舎から都へ呼ばれ、急遽帝となった。次なる東宮が決まるまでの、穴塞ぎの帝ということで、大臣たちも蔑んでいる。

暁下姫《きょうかひめ》・千古《ちふる》

下級貴族の生まれだが、急遽入内することになった。薬師を志すが、図らずも正后となってしまう。野山を駆け巡り、薬草を摘むのが趣味。

成子《なりこ》掌侍《ないしのじょう》

千古の女官。幼馴染み。
いつだって千古の無茶を
食い止めるのに全力。

秋長《あきなが》

千古の乳母子で、典侍の息子。
何でもこなす、そつのない男。
彼女を追って内裏入りした。

命婦

帝のお気に入りの猫。
残念ながら帝には
あまり懐いていない。

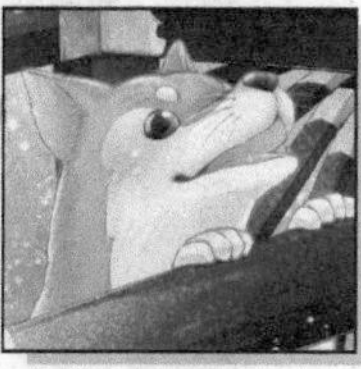

捨丸

野良犬だったところを
千古に拾われた。今は六位の
蔵人の役職につく。犬。

典侍《ないしのすけ》

千古の乳母であり、皇后にすべく
奮闘していた教育係。まるで鬼教官。

正后候補

宵上姫《しょうじょうひめ》・蛍火《ほたるび》

艶めかしく大人の色気を放つ美女。
謎が多く捕らえどころがない。

宵下姫《しょうかひめ》・星宿《ほしやど》

めっぽう気が強く、優等生気質。
千古に嫌がらせを重ねていたが、
今では千古を一目置く存在に。

暁上姫《きょうじょうひめ》・有明《ありあけ》

四人の中で最も幼い。
口数が少なく恥ずかしがり屋。
とある事件により物故。

暁上姫《きょうじょうひめ》・明子《あきこ》

暁上家から輿入れした姫。
面持ち・性格も平凡だが……？

死亡野《しなの》の川辺には水鬼が棲《す》む
水鬼は水辺に近づく乙女の腹に子を生《な》し
鬼の子を宿した女の腹はたちまち膨らむ
十月《とつき》も待たずに女は床に臥《ふ》し亡者となる
その腹から生まれるのは
人の目には血と水としか映らず
それこそが形なき悪《あ》しき水鬼の産声《うぶごえ》と聞いた

【月薙国行宜図《げっていこくぎょうぎのず》・行宜記録】

前章

細い雨が降る晩春の日のことである。

後宮の飛香舎《ひぎょうしゃ》に、ひとりの姫が輿入《こしい》れをした。

慌ただしくありながら、忍びやかな入内《じゅだい》であった。

帝《みかど》は、寺社巡りの旅を終え、鄙《ひな》の地より姫を連れて都に戻った。

常ならば、帝を出迎えた貴族たちは宴《うたげ》の用意をするところだ。

しかし此度《こたび》の帝の帰還に対しては、男たちの足音と低いささやきが響くのみ。

浮き立つような高揚感は欠片《かけら》もなく、漏れ聞こえる噂《うわさ》もずいぶんと不穏なものが多い。

弘徽殿《こきでん》――蛍火姫《ほたるび》とその女官たちは、藤壺《ふじつぼ》へと向かう牛車《ぎっしゃ》と、付き従う雑色《ぞうしき》たちの様子を覗《のぞ》き見ていた。

飛香舎は弘徽殿に近く、部屋を出ずとも、人の出入りを探ることができる。

「新しい更衣《こうい》は藤壺をいただいたのね」

蛍火は脇息《きょうそく》に軽くもたれ、そうつぶやく。

飛香舎の側にある藤棚は大層見事で、花の盛りには紫やうす紫、白に桃色と、とりどりの色の藤が重たい花房を下げて頭上を覆う。

だから皆は飛香舎のことを、藤壺と呼んでいる。

「弘徽殿からはよく見えるお部屋ですわ」

側に控える女官がそう返した。

「ええ。そうね」

ぎぃぎぃと軋《きし》む音をさせて乗り入れた牛車が、通路のぬかるみにはまって、さっきからずっと立ち往生している。

「藤壺は五舎のうちでは、帝のいらっしゃる清涼殿にいちばん近いお部屋だわ」

蛍火の弘徽殿も、また、清涼殿とは近い。

それゆえに、いままでは、帝のお気に入りの女御《にょうご》は弘徽殿や藤壺をいただくことが多かったのだが――。

「ですが今上帝が藤壺を選んだことに意味はないかと思います」

女官がすぐに応じる。

実際、蛍火は帝にとっての最愛の女性ではないのに弘徽殿で過ごしている。

今上帝貞顕《さだあき》は、たぶんなにも考えずに、思いつきと適当さで女御更衣に部屋を与えているのだろう。

「藤壺の更衣は、里のほうでは紅葉《もみじ》姫と呼ばれていたと聞いているわ。でしたらあの姫には、藤壺ではなく、秋にちなんだ庭がよく見える部屋を預ければよろしかったのかもしれないわね」

悲しいかな、主上《しゅじょう》はそういう遊び心を持たぬ方だから、と。

誰かに聞かれたら不敬を問われることを蛍火は平然とつぶやいた。

「ですわね。梨壺《なしつぼ》もあいておりますし、そちらでもよかったでしょうに」

女官たちもまた、蛍火の言葉をたしなめるでもなく、そう返す。

後宮の四殿五舎のうち、五舎はどこも無人である。梨壺とは、昭陽舎《しょうようしゃ》のことで、麗景《れいけい》殿《でん》の側にある。麗景殿に面した庭には、秋に色づく紅葉《かえで》の木が植えられていた。

「更衣は、親のいない子だったそうですよね。山に捨てられたのを拾われた鬼姫だと聞いておりますが……」

藤壺の更衣は、山に捨てられていたのを拾われた鬼の姫。

噂話は、本人の到着より一足早く後宮に辿《たど》りついている。

「鬼くらいじゃなければ、いまのこの後宮に参内などできないでしょうね。此度の帝は風変わりで鄙の地から連れてこられた獣のようなお方。しかも、お側にいらっしゃる正后《せいごう》は、妖后ですもの？」

正后千古《ちふる》は、先日行われた曲水《ごくすい》の宴で、鶯《うぐいす》を生き返らせるという奇跡を行い〝妖后《ようごう》〟と噂されるようになった。

これまでは奇矯なふるまいの多い残念な正后だとみなされていたが、命にまつわる奇跡をやり遂げてしまったおかげで、皆の見る目が一気に変わった。

畏《おそ》れ混じりで憧《あこが》れて、千古に近づきたがる貴族たちが増えている。

と——。

弘徽殿の女たちの噂話を聞きつけたかのように、帝が姿を現した。

強い足どりで、牛車に向かって歩いていく。

「主上がいらっしゃったわ」

女官たちがざわめいた。

供も連れずにひとりなのはいつものことだが、こぬか雨が烏帽子《えぼし》や肩先を濡《ぬ》らしているせいか、常よりも帝の艶《つや》が増していた。

雨に濡れると、しょぼくれてみえる男と、むしろ色艶が増す男の二種がいる。帝はどうやら後者らしい。覇気ばかりが先に立つ彼の剣呑《けんのん》な鋭さを、雨が柔らかく溶かして滲《にじ》ませている。

帝のまわりで雑色たちが慌てふためく。

けれど帝は彼らには目を向けず、まっすぐに牛車へと声をかけた。

よく通る美声である。

「厄介なことになっているようだ。手伝いましょう」

手伝うといっても、牛車を力尽《ず》くでぬかるみから引きずりだすわけにもいかないだろう。

帝にそんな仕事をさせてしまったら、後で雑色たちが咎《とが》められる。

とんでもないと悲鳴をあげる雑色たちを帝が視線だけで制する。睨《にら》まれてしまっては、誰もなにも言えない。

そうしたら、はきはきとした涼やかな女性の声があたりに響いた。

声の主は――どうやら牛車のなかである。

「ありがとうございます。ですがご心配は不要です。みんなはお忘れのようですけれど、あたしにも二本の足があるのです。女官たちは、はしたないと怒るのですが、主上のご許可をいただけたら、歩いて藤壺にいけそうだわ。牛車を降りてもいいかしら？」

そして、牛車の簾《すだれ》が内側からはらりと捲《めく》られた。

「あら……」

弘徽殿の女官たちは、思わずというように腰を浮かせた。

藤壺の更衣の顔を見る機会がこんなに早く訪れるとは。

「あれが……鬼姫」

牛車から顔を覗かせた藤壺の更衣の姿を見て、蛍火がそうつぶやく。

更衣は、部屋にちなんだのか、萌黄《もえぎ》と薄色をかさねた藤色の十二単衣《じゅうにひとえ》に身を包んでいる。

——乱暴なくらい、美しい姫だわ。

野蛮な美というものがこの世にはある。無条件で人の視線を奪うような荒ぶる美しさを、その鬼姫は持っていた。遠目であっても、ぬばたまの長い髪と白皙《はくせき》の美貌《びぼう》が目を惹《ひ》いた。藤色の襲《かさね》が透けるような色の白さをさらに際だたせている。

細く華奢《きゃしゃ》な手足と豊かに膨らんだ胸はどこか不均衡に思え、それゆえに、痛々しくて悩ましい。発育途上だからこその匂いたつような青い色香が溢《あふ》れだす。

「なるほど。鬼と名づけられるくらいに、美しい姫ですわね」

弘徽殿の女官たちは、ほう、と吐息を漏らした。

鬼は、人ならざる力を持つ者。

そして、美は、力のひとつなのだ。

劣情をそそる美に吸い寄せられたとき、人は、まれに己の心に宿る邪《よこしま》な思いと対峙《たいじ》する。その挙げ句、自分の心の内側の淫《みだ》らさを問うのではなく、外側にあった美の持ち主を糾弾し、美の持ち主を「鬼」と呼ぶ。

「鬼のごとく美しいあの姫を、鄙の地の男たちが無垢《むく》なままで置いておけたかというと——あやしい気がしますわ」

美しい幼子のそのいたいけさに誘われて男たちが手を出さないでいられたかどうかを、弘徽殿の女官たちは邪推する。

弘徽殿の女たちは、身内しかいないときは慎みを捨て、口さがないことを言うのだ。

「そのほうがいいかもしれなくてよ？　この後宮にはそろそろ無垢ではない姫が必要ですもの」

蛍火が楽しげに応じる。

「……そうですわね」

女たちは一様にうなずいた。

「あらっ」

女官のひとりがなにかを思いついたかのように声をあげた。

蛍火は薄く笑ったまま、その女官へと視線を巡らせる。

つい最近、縁を頼って宮仕えをはじめた新参者の若い女官であった。

「あ……あの……すみません」

弘徽殿の女たちは、彼女以外は、古くから蛍火に仕えてきた者ばかりだ。蛍火の信頼を得た女はこんなふうに「思ったことをそのまま口にのぼらせる」などということは、しない。

「あやまらなくてもいいわ。そのかわり、なにに驚いたのかを教えてくださる？」

蛍火が尋ねると女官は狼狽《うろた》えた顔で、

「あの鬼姫さまと蛍火さまがとてもよく似ていらっしゃることに驚いたのです」

と小声で応じた。

「似ているとしたら昔の私に似ているのかもしれないわね。藤壺の更衣と私では母と娘くらいに年の差があるのだから」

そう返す蛍火の声は甘い。

しかし女官を見つめる双眸《そうぼう》は冷たく突き刺すようであった。

「え……いえ」

なにも考えずに感じたことを口にした女官は、慌てて口を噤《つぐ》む。

笑みを浮かべる蛍火と、遠くにいる藤壺の更衣は——だけれど面差しがやけに似て見えるのだ。

遠目でぼんやりと佇《たたず》まいだけを眺めると——母と娘とはいわずとも、たぶん姉妹で通りそうだ。

「美しい女というのは、どこかしら似通うところがあるものですから、蛍火さまと鬼姫は共に同じように心をざわめかせる美貌だということなのでしょうね」

　側に控えた女官の言葉を聞き流し、蛍火は、また微笑《ほほえ》んだ。

　そうやって女たちがずっと見守っているのに気づいているのか、いないのか――。

　女たちの視線の先で、帝《みかど》が、簾を自ら捲り身を乗りだした鬼姫に、

「雨が降っているから」

　と言い返した。

　牛車の前に立ち、片手を鬼姫へと差しだす。

「それが、なにか？」

「沓《くつ》を履かずに歩くと足と着物が汚れる」

「後で足を拭《ふ》くことにしますわ」

「着物がだめになる。俺はあなたを安全に藤壺に移さなければならない義務がある。だが、今日はもうあまり時間がない。信濃《しなの》の地での出来事をまとめて書類にしなければならぬのだ。失礼を」

　言いしな、帝は鬼姫へと腰を屈《かが》め、その身体をひょいと抱え上げた。

　まわりの雑色たちがあっと息を呑《の》む。弘徽殿の内側でも女官たちが色めきたって、口を両手で押さえて顔を見合わせた。

帝は、抱きあげた鬼姫の耳元になにごとかをささやいたように見えた。

鬼姫は帝の首に両手をまわし、自らの顔を隠すようにして、しがみつく。

帝に抱えられた鬼姫――藤壺の更衣が、人の視線を避けて、帝の肩先に顔を埋《うず》め、ゆっくりと遠ざかっていく。


「女官も数人しか引き連れず、忍んだ入内《じゅだい》かと思いきや――主上にしては、ずいぶんと色めいたことをしてくださる」

蛍火が嬉《うれ》しそうに笑う。

「単に時間を惜しんだだけではないでしょうか？　なにせあの帝ですもの」

「だとしても――耳目を集めたところであれをされてしまったら、誰もが藤壺の更衣の話をするわ。大臣たちも手を抜けなくなるでしょう。藤壺の更衣のおかげで後宮はこれからおもしろくなりそうね」

競う相手がさらに増えたことをこんなに喜ぶなんてと、新参の女官は蛍火を不思議そうにして見つめる。

一方、古くから仕えている女官たちは蛍火が退屈を嫌うことを知っているため、平然としたものだった。

「正后が登花殿《とうかでん》なのは揺るがない。でも別な女御が東宮の母となれば話は別。東宮の母は中宮となり、ふたりの后《きさき》が後宮に立つことになりましょうね。主上の御子《みこ》をどなたがお産みになるのかはこの先の楽しみですわね」

女官たちがささやきあう。

「蛍火さまが主上と塗籠《ぬりごめ》に閉じこもったという話もあちこちに届いておりますし……」

「わたくしたちの女御が中宮となる未来も……」

蛍火は微笑むだけで、否定も肯定もしない。

雨の滴に降られた帝と、帝が抱えて輿入《こしい》れをした鬼姫の――まるで物語の一幕のような、そんな風情のある男と女のやり取りであった。

1

鬼姫の輿入れからふた月ほどが経過した、夏のはじまり——。

千古《ちふる》は、一条《いちじょう》の屋敷の奥の塗籠で、ただひたすらに薬や医療に関わる書物を読みふけっていた。

外《と》つ国から戻った学者が書き留めた記録というのを、帝にお願いして、借りてもらったのである。貴重なものだからできるなら手元に置きたくて、一字一句間違えずに書き写そうとしている。

たまに「人の身体に虫がついて？　熱を出す奇病？　治療薬は……ほとんどが月薙国《げっていこく》にもあるものだけど、この材料だけがなんだかわからないわ……。とりあえず作ってみてから考えましょう」と頭を抱えて唸《うな》りながら書きしるすついでに謎の薬の調合をしたり、さらには大声で「月薙国では治療法が確立されていない疱瘡《ほうそう》の！　予防薬ですって!?」と叫んだりと、千古ひとりなのに塗籠のなかはずいぶんと賑《にぎ》やかだ。

千古に合わせて内裏から一条へと下がった女官たちが、開けはなしたままの戸口から、ときどき千古の様子を眺めて、ささやきあう。

「千古さまったら、また御髪《おぐし》をくしゃくしゃにしていらっしゃる」

実は千古の地毛は修行中の小坊主のように振り下げ髪に切り揃えられているので、後宮では鬘《かつら》をつけて過ごしている。暑くなってくると鬘が蒸れて痒《かゆ》いため、物事に熱中するとたまに頭を掻《か》いてしまっているのだが——女官たちはそれを知らない。

「せっかくの高価な紙と墨ですのに……歌を詠むでもなく、帝に文を書くのでもなく、女だてらに医術書の解読って……」

「それは仕方ないでしょう。だって千古さまですもの。それより、墨のついた手で頬を触るから……なんとまあ、子どもみたいに顔に墨が……」

筆を構え、そのまま無造作に頬に触ったりするせいで、顔や手に墨がついてしまっている。

女官たちは顔を見合わせ、それぞれに眉尻《まゆじり》を下げて嘆息した。

「本当に、もう」

「困ったものですわ」

愛情のこもった嘆きを互いに交わす。

だって、これこそが登花殿《とうかでん》の女官たちにとって「いつもの正后」の姿なのだから。

千古はまごうことなく変わり者の正后なのだ。

だが、変人であっても、仕える女官たちの細かい部分をよく見ていてくれて、とても優しい。頭が良く、人も良く、朗らかで、側にいると楽しくなるような愛嬌《あいきょう》があった。

それゆえ、女官たちはこの変わり者の正后のことが大好きなのである。

それに——と女官たちは思っていた。


——少しは元気になってくださったようだから、それだけでいいのよ、と。


帝による寺社巡りの行幸の際に、同行を命じられた千古の乳母子《めのとご》の秋長《あきなが》が命を落とした。

その報《しら》せを聞いた千古は、涙を流さなかった。

が、千古の表情から感情の一部がたしかに剝《は》がれ落ちたのだ。喜怒哀楽を欠落させ、いままで通りの日々を淡々と過ごす千古に、しばらくのあいだ、女官たちはかける言葉も見つけられずにいたのである。

仕方ないと、女官たちは思った。

なにせ兵衛《ひょうえ》の秋長は、男女問わず、誰にでも好かれる男だった。気が利いて、文武両道で、でもそれを鼻にかけない。〝叱られ美男〟なんていう妙なあだ名をつけられても飄々《ひょうひょう》として笑っているような男だった。

千古にとっては気のおけない乳母子であり――登花殿のお目付役ともいえる典侍《ないしのすけ》の息子でもあった。

典侍のほうはというと、千古よりさらに気丈だった。喪に服してしばし内裏を離れていたが、戻ってきたときからは涙を零《こぼ》すこともなく、日々のつとめを淡々とこなしている。

けれど典侍は、見る間に痩《や》せていき、もともと薄かった身体がさらに薄くなってしまった。瘦軀《そうく》の長身できびきび動く有様《ありさま》が、まわりの者たちにとっては一層やりきれない。

ふたりとも、喪失の悲しみをまだ本当には乗り越えていないだろう。

それでも、どうにかこうして日常を取り戻そうとしてくれている。

「……夢中になってなにかに打ち込んでいないと、やっていられないのでしょうね」

宰相の君がぽつりと言葉を零す。

「お顔を拭くものを用意したほうがよさそうね」

しばらく塗籠のなかの千古を眺め、とうとう宰相の君はそう言って、布と小さな盥《たらい》に水を張って運んできた。

「千古さま。失礼いたします。お顔に墨がついておりますよ」

「……うん」

気が抜けた返事である。

そんなふうでも着物には墨をつけない。千古が着ているのは贅《ぜい》をつくした高価な織物《おりもの》の装束である。顔や手は拭けばいいが、装束を汚したら洗うのは難しいからと、無意識であっても女官たちの手間を思い、気遣っているのだろう。

——そういう正后さまだから。

まわりの皆の、立ち直ってくださいという気持ちを、千古はきちんと受け取ってくれるはずだと信じている。

「ここに盥と布を置きます。零さないように気をつけてくださいね。終わったらお顔と手を拭いてくださいませ」

「うん。ありがとう」

まだどこかぼんやりとした返事に、宰相の君はやれやれと首を左右に小さく振った。

「なにかありましたら声をかけてくださいませね。登花殿の女官は、いつだって千古さまのすぐお側に控えておりますから」

千古がゆっくりと顔を巡らせ、宰相の君を見返した。

「ありがとう。嬉しいわ。なにかあったら呼ぶから、しばらくは私のことはひとりにしておいて。大丈夫」

今度はしっかりとした言い方だった。

大丈夫と言いながら——。

実際はそこまで大丈夫でもないよなあと、我ながら嫌になるくらい冷静に千古はそう思っていた。

あまり大丈夫じゃない。大丈夫だったらそれはおかしい。だって自分が原因で秋長を失って、助けられたうえに「生きて」と言われて、生き延びて都に帰りついたのだ。

女官たちは、入れ替わって留守番をしてくれた成子掌侍《なりこないしのじょう》を千古だと信じている。

後宮で千古が待っているあいだに、旅先で秋長が儚《はかな》くなってしまったのだと思っている。

——でも違うわ。私は秋長の最期を間近で見てしまったの。

だからこそ涙を流して悲しんでばかりいられないと、わかっている。

どうにかしてこの苦しいところから抜けだして、秋長が望んだように「生きて」いかなくてはと、もがくしかない。

それでも、いまだに、なにをするにしても「秋長がいない」と感じるのだ。

たとえば——秋長がいないと、内裏の外にも出られない。

いままでは、変装をして千古が洛外《らくがい》にいくときは、ずっと、秋長が護衛についてくれていた。

当たり前のように、秋長は千古の斜め後ろを歩いていたのだ。

その彼がいない。

内裏から外に出ようとすれば、彼の不在を実感する。

それが嫌なのだ。

そんな理由で塗籠にこもっている。

暇な時間を設けるとあれこれと思い悩むから、忙しくして無理に自分を追いつめる。調べたり、学んだりしているあいだは、他のことを考えなくてすむ。

多忙がいまの千古にとってはなによりの薬だ。

——こんなのは、秋長が私に託した「生きて」とは違う生き方なんじゃない？

ときどき、うっすらとそう思うが、まともに考えを突き詰めていく気力がいまの千古にはない。情けない。

「まあ、いいわ」

よくないのかもしれないが、真っ向から我が身をとらえて自身を叱咤《しった》激励する元気はない。

宰相の君が置いていった盥を一瞥《いちべつ》し、千古は再び書物と記録に没頭した。

どれくらい時間が経ったのか——。

「千古さま」

ふいに声をかけられ顔を上げる。成子掌侍の声だった。

気づけば、あたりはずいぶんと暗くなっていた。

「そろそろ文字が読めないほど暗いのではないですか？　火皿をお持ちしましょう」

「ああ……そうね。ありがとう」

「でもその前に、薬湯をお持ちしました。飲んでください」

「薬湯？」

成子は椀《わん》をひとつ両手で抱え、千古の隣にすっと座った。

そのまま無言で押しつけられて、深く考えずに椀の中身を口にする。

なんともいえない嫌な臭いがした。が、成子が差しだしたものが、毒のわけがない。信じているから無条件で飲み込む。

途端――。

「……んっ、まずっ……まっずっ」

身体が勝手に丸まって、げほげほと咳《せき》が出る。

いままで飲み食いしたなによりもまずい薬湯である。

思わず椀のなかを覗《のぞ》き込む。得体の知れないどろどろとした液体に、妖《あや》しいものがぷかぷかと浮いている。

「な……なに。なんなのこの泥のようなもののなかに藻みたいなものが浮かんでるのに絶妙に甘くてしかも酸っぱくて苦い……ざらざらした舌触りもして……」

成子は椀を千古から受け取って、背中をとんとんと軽くさすった。

「毒ではないものを適当に混ぜあわせて作った見た目も味わいもどろどろの薬湯です」

「なんでそんなものを成子が作った？　しかも薬湯なの？　そんなのまるで私がやりそうなことじゃない」

「ええ。そうかもしれないですね。ただ残念ながらこれを作ったのは私じゃないです。私は運んで、姫さまに飲むように勧めただけです」

何故、そして誰が、作った？

涙目で咳《せ》き込む千古の耳に届いた声は――。

「確認もしないで飲もうとするから、そういうことになる。いまの姫さまはふぬけていらっしゃる」

典侍のものだった。

足音も立てずにいつのまにかすっと側にいる。典侍はいつも、そうだ。

「ちなみにそれは、私が先ほど即興で調合したものです。名づけて〝これが人生というものだ〟という薬です」

さらに、とんでもないことを言う。本当に典侍は、いつも、そうなのだ。

「これが人生というものだ……って、典侍？　薬湯につける名前としてはあんまりじゃない？」

もちろん言い返すべき言葉はそれじゃないとわかっているのだが。

「これが人生というものでしょう？　いい加減にしなさいという気持ちをその薬湯にこめました。姫さまですから、薬湯と言われて差しだされたら、飲むだろうと思いまして」

平然として、続ける。

「飲んでくれて助かりました。薬馬鹿のあなたが、薬湯ですら一瞥しただけで退けたなら、次はどの手で活を入れようか考えあぐねるところでした」

活を入れるにしても、やり方がえげつなすぎるのではと、涙目で、再び、椀の中身を見る。どう見返しても、その薬湯は得体が知れず、どろどろしている。

「いつまでも、見たくない現実を見ないで過ごしてはいられますまい。ただの姫ならばいざ知らず、あなたはもう正后なのですから」

——痛い。

しかもそれを——秋長の母に言われては。

もうなにも言い返せないではないか。

「典侍は強いなあ」

咳き込みながら、つぶやいた。

「私が強いのではなく、あなたさまが弱いのです」

「うん」

「私は、あなたをふぬけのままにしておいて良しとは言えない立場ですから」

「……うん」

成子が一旦《いったん》退いてから戻ってきて、火皿に火を灯《とも》す。

揺らめく焔《ほのお》が、のっぺりとした薄闇に陰影を刻む。ぼんやりと周囲の光景が滲《にじ》む。瞬《まばた》いて目を擦《こす》る。

「姫さま、お顔が墨だらけですよ」

成子は盥の水に布を浸し、千古の顔を拭《ぬぐ》った。

「自分でできるってば」

押しのけようとした手に、成子の手が重なる。

「わかってます。でも……このくらいのことしか私にはできないから、させてください」

「もう充分頼ってるし、やってもらってばかりだよ？　悲しいのは成子だって同じでしょう？」

「それでも」

潔く、きっぱりと成子が言う。

なんで自分だけこんなに落ち込んでいるのだ、子どもみたいだなあと苦笑したら、なぜだか胸の奥がつんと痛んで、笑いながら少しだけ涙が零れた。

成子はなにも言わず、目尻《めじり》を伝う涙ごと、千古の顔を優しく拭《ふ》いてくれた。

ところで――。

ふぬけているという身近の評価を当然だと思う一方で、最近の千古は大臣《おとど》からは高評価を得ていた。

千古に活を入れるための、典侍作の薬湯〝これが人生というものだ〟を飲んだ翌日であった。

千古のもとを訪ねてきた暁下大臣《きょうかのおとど》が、ふくふくとした頬を綻《ほころ》ばせ、鷹揚《おうよう》に告げる。

「おまえもやっと正后らしくなってきたようだ。あれだな、主上《しゅじょう》が寺社巡りの行幸で不在になったときくらいから、ずいぶんと落ち着いた。留守を守ることでいろいろと考えることがあったのだろうね。立ち居ふるまいも相応のものになってきたね」

几帳《きちょう》のあちら側で広縁に座して目を細め、上機嫌である。

千古はというと昼《ひ》の御座《おまし》にしつらえた几帳のこちら側で、猫の命婦《みょうぶ》を膝《ひざ》に抱いて撫《な》でている。猫の命婦は心地よさそうに、ごろごろと喉《のど》を鳴らしていた。

「……はい」

しかしそれは、申し訳ないけれど、千古ではなく成子だ。そのとき千古は小坊主の変装をして、帝《みかど》と一緒に信濃《しなの》に出向いていたのだから。入れ替わって過ごしてくれていた成子は、前から、ちゃんと落ち着いていて女性らしいのだ。

――正后らしく、相応になっているのは成子掌侍なんだけどなあ。

面と向かってそんなことを言うと大問題になるから、言えないが。

「曲水《ごくすい》の宴《うたげ》以来、皆はあなたに一目置いている。此度《こたび》の正后は、死すら退ける不思議な力を得た徳の高い女性なのだと評判だ。この草木は薬になるから煎《せん》じて飲めと言ってまわったり、変な臭いのする油を後宮の女たちに配ったりしていた奇行も、いまとなっては、あなたが徳の高い善女だから、人の病を治すことに熱心だったのだと人が納得しつつあるよ」

「大臣はじめ、暁《あかつき》の下家《しもけ》の皆様のご尽力のたまものですね。ありがたいことでございます」

咄嗟《とっさ》の奇策を用いたのは千古だが、その後の政治的な流れをうまく良い方向に導いたのは、暁下大臣たち「暁の下家」の貴族たちの伝達力のおかげである。

それが理解できているから、素直に頭を下げる。

なにせ〝妖后《ようごう》〟だ。

その場にいるみんなが直《じか》に目で見てしまったから、認めざるを得ない状況で――千古は〝妖しい力〟を使ったのだ。

鶯《うぐいす》の生き返りを、善行と美しい奇跡ととらえてもらえたのは、なによりである。千古だとて、そうなるようにその後の噂《うわさ》の流し方も考えたし、他家の貴族たちに目をつけられるのがわかっていたから、すぐに気を失うふりをしたのだけれど。

「ああ。もちろん暁の下家はおまえの後押しをしたさ。おまえは女だてらに政治に聡《さと》いところがあるから、我らの尽力をきちんとわかっているね。その通りだ。おまえ自身の力ですべてを切り開けたのだとは、ゆめゆめ思わないほうがいい」

暁下大臣は、千古の感謝に、満足そうな笑顔でうなずいた。

「存じております。陰陽師《おんみょうじ》と僧都《そうず》の皆様をそれはもうたくさん呼んでいただいて祈禱《きとう》をしてくださった大臣のお心遣いに、千古は、感謝しております」

倒れて部屋に運ばれて以降は、なよなよと〝女らしく〟過ごしていた。

その間、陰陽師や僧侶《そうりょ》を大臣が呼び寄せて部屋のまわりで祈禱してくれた。うるさいくらいの読経であった。

――つまり、端的にいえば、陰陽寮と寺社に暁の下家は、賄賂を贈りまくった。

その結果、得た〝徳の高い妖后〟の名声である。

「うむ」

だから、この評判は、なにか別な出来事が起きるとひっくり返る可能性があるものなのだ。

妖后なのである。

〝妖しさこのうえない后《きさき》〟という通り名は、一歩間違えると、帝の足を引っ張りかねない。すべては政治の力関係次第。

別な家の貴族が力を得れば「変な妖力を使う正后が誰かを呪う怨霊《おんりょう》に落ちた」という噂が広まるだろうし、うっかりしたことでその証拠を作り上げられて千古が呪詛《じゅそ》の罪に問われる可能性もある。

どこまでいっても薄い刃《やいば》の上を裸足《はだし》で歩いているような、そんな後宮生活だ。

気を引き締めて生きていかなくてはならない。

「ところで、正后は、そろそろ内裏に戻ったほうがいい。穢《けが》れゆえに里下がりといっても、兵衛《ひょうえ》がひとり亡くなっただけだ。典侍を慕っているからこそ、母である典侍と一緒に泣き暮れているのだとしても、期間が長すぎる。正后が他の男の死をいつまでも引きずっているのはあらぬ噂のもとになる。――わかるな？」

千古が一条の屋敷に引き籠《こ》もった理由が、乳母子《めのとご》の秋長の不幸ゆえと、暁下大臣すらも見抜いている。

そのあたりの流れも秋長が、秋長だったからだ。

兵衛の秋長の突然の死を――彼を知る誰もが悲しんだのだ。

だから千古が悲しんでいても、おかしくないように見えたのだ。

まったくもって全方向に好かれまくる男であったので。

「秋長の亡骸《なきがら》も見つけられなかったのは、悔しいことだったがな。そのぶん葬儀は寺社での読経だけで済んだのは、よかった。おまえや典侍が遺体に触れたなら、おまえたちはしばらく内裏に上がれないし、主上もおまえに触れない」

死というのは――穢れとみなされる。

だから死に触れた者は、清浄であるべき内裏に入ることを遠慮する。

わかっていることなのに、大臣にあらためてそう指摘されると胸の奥がもやもやと黒く染まる。

――むしろ内裏こそ、魑魅魍魎《ちみもうりょう》の巣窟《そうくつ》なのに、おかしな話。

「主上はたまにこちらにもいらしているのだろう？」

大臣が問う。

「はい。猫の命婦を撫でに、たまにいらっしゃいますが」

帝の猫好きは有名だ。特に、千古のもとにいるでっぷりと太った猫の命婦のことを溺愛《できあい》している。

「その際に、内裏に戻れとは言われていないか？」

「いえ。特に」

今回の喪に関しては、帝は千古に無理強いをしない。ずいぶんと心配りをしてくれている。千古たちを集めて酒をふるまい、三人だけで語りあかして過ごせと言って、後は、千古の好きなようにさせている。

そうか、と千古はふと思う。

——主上だけは、いつまでたっても、私の背中を押さないわ。

前を向けと、行動でも言葉でもせっつかない。

帝は秋長の死に関しては、うまい慰め方を知らなくてと謝罪して、千古を優しく抱きしめて——それきりだ。あとは普通にそれまで同様、千古と典侍と成子に詩歌《しいか》を習ったり、政治の話をもちかけて意見を聞いたり、猫の命婦を撫でたまま気づけば眠りについたり……。

「典侍は身内だから、穢れを受けたと身を慎むというのを止められはしないが、おまえまでつきあうこともあるまい？　後宮から離れているのはよくない。おまえは、正后として、御子《みこ》を生《な》さねばならんのだからね」

くるかなと身構えていたことを言われ、千古は、なよやかに、女らしく、小さな声で囀《さえず》るように返事をする。

「……大臣のおかげで登花殿に場所を得て、もう充分に幸福なこの身の上で、それほどまでの宝を望んでもいいのでしょうか。しらかねもくがねもたまも我が手にありますのに」

しらかねもくがねもたまもなにせむにまされるたからこにしかめやも。

万葉集《まんようしゅう》にある山上憶良《やまのうえのおくら》の歌である。この和歌は、子どもを、金や銀や宝石よりももっと素晴らしい宝だとみなしている。

自分はもう金や銀や宝石を手に入れたから、充分なのでは、と。

「なにを言うのか。まさるたからを手に入れずに、なんとするつもりだ？　おまえがここで引き籠もっているあいだに、内裏では、他家の姫たちが己の美と知とを競いあっているのだよ？」

大臣が笑顔で返す。口元は綻んでいるが、その目は笑っていない。

「はい」

此度の帝の後宮にはもともとは四家の姫が入内《じゅだい》している。

暁《あかつき》の上《かみ》、暁の下、宵《よい》の上《かみ》、宵《よい》の下《しも》という四つの家からこれぞという姫が選ばれてそれぞれに部屋を預かって——あれこれあって正后の座は千古が射止めたが、他の三家の姫たちも内裏に残って女御となっている。

さらに先日、更衣が藤壺《ふじつぼ》に輿《こし》入れした。

「藤壺の更衣の入内の様子は、聞いていないのか？　あの帝がひと目をはばかることなく更衣を抱えあげて、藤壺へとお連れしたんだ。更衣の耳元で〝他の男たちに見られないよう、顔は隠せ〟と忠告して、だから更衣は帝の肩先に顔を押しつけて」

「はい」

「武家の姫だから、いかつい、鬼のような女だと思っていたが——ずいぶんと美しい姫らしい。帝《みかど》は更衣を何度か昼の清涼殿に呼んでいる。これまでは、帝は他の女御《にょうご》のもとにお渡りになることはあっても、おまえ以外を清涼殿に呼ぶことはなかったんだ」

それはそれで仕方ないだろうと千古は思う。

遠い地から無理に連れだしてきた、後宮に後ろ盾のない姫だ。内裏での力関係の是正のためにと更衣として召し上げたのは、はっきりいって奇策のひとつ。

――他家の大臣《おとど》たちへの牽制《けんせい》としても、武家と手を結んだのだと知らしめたいわけだし？

帝はそこまで考えているから、藤壺の更衣を特別扱いしているのだ。千古からしても「そうしてもらわなきゃ困る」し「そうしないなら、なんのために内裏に呼んだ？」なわけなので。

というこれも大臣に対して言えることじゃない。

無言のほうがいいだろうと沈黙する。黙って微笑《ほほえ》んでいたら、だいたい相手は勝手にいい感じに推察してくれるものなので。千古なりの処世術だ。

そうしたら大臣がおもむろに口を開いた。

「鬼姫は、育ちが悪いせいで、変わっている」

冷徹な光が灯《とも》る大臣の目を見つめ、千古は首を傾《かし》げる。

変わっているから、なんだというのだ？

「帝が変わった女を好まれるのは、おまえでわかった。いいか？　帝のお心を引き止めていられるのは己だけだと思い上がるな。帝だとて、男だ。男は、常に、新しい風に向かって進んでいく。男の移り気というものを、おまえも認めなくてはならない。みんなわかっていたのだよ。いずれ、ひとりの正后だけでは我慢ができなくなるものだとな。そういう頃合いなのだ」

頃合いなのか、と、千古はその言葉を別な意味にとらえ、うなずいた。

「そうですね」

そろそろ自分は後宮へ帰らないとならない頃合いなのだ。

いつまでもふぬけて、悼んでいたいと思ってみても、それは叶《かな》わない願いだった。

秋長は千古を助けてくれて、そして「生きろ」と言ったのだ。いまの千古にとって「生きる」とは、後宮という魔窟で、しのぎを削ること。大臣たちの力を削《そ》いで、帝を「真の帝」として立てること。

――帝も、私と同じ重さを心に抱えているのかもしれない。

たぶん。

だから帝は千古の背中を押さず、千古の気持ちが定まるまでずっと様子を眺めてくれているのではないだろうか。

はじめは、幼い有明《ありあけ》姫の命が、千古と帝のふたりの心を枷《かせ》でつないだ。

そしてまた、秋長の喪失が、千古と帝を同じ痛みで結びつけている。

千古は正后の道を歩みだしたときから、何人もの命を自分の手で屠《ほふ》っている。帝も、皇位の冠を頭に載せたそのせいで、やらずともいいことで手を汚してきた。

共に進もうと手をとったときから、千古と帝は、着々と、別な誰かの命を費やしながら進んでいる。

ずいぶんと悲しい心の寄り添い方をふたりは選んでしまったと、切なく思った。

※

千古が物思っているその一方で――。

鬼姫の入内の日の様子を見ていたのは、もちろん弘徽殿《こきでん》の女たちだけではなかった。

内裏では、人がいないように見えたとしても誰かがあたりの気配を探っている。

几帳《きちょう》や御簾《みす》、障子の隙間から女たちが、新たな姫を盗み見て口さがのない評価を与える。

藤壺の更衣と帝の「まるで物語のような」入内の風景は、いつのまにか本来のそれよりもっと美しい尾ひれや背びれを身に纏《まと》った華美な噂《うわさ》に変化して、内裏の人びとのあいだを漂い、泳ぎだしていた。

実際に見ていない者のほうが妄想力をたくましくして、見目麗しく、つややかな光景を思い描く。

うっとりと陶酔したり、あるいは嫉妬《しっと》の焔《ほのお》を燃やしたり、そこは人それぞれなのであるが。

宣耀殿《せんようでん》――明子《あきこ》姫とその女官たちは、飛香舎《ひぎょうしゃ》に運ばれた更衣の噂にやきもきとして、ふた月たったいまでも、まだ、入内初日の藤壺の更衣の話をして嘆くのだった。

「山里にある武家の姫じゃないですか。たいしたことない姫君です。家柄も、素行も劣っていらっしゃる」

女官である若狭《わかさ》の君がしたり顔で言うのを、明子は唇を噛《か》みしめて、うなだれて聞いている。

実際、藤壺の更衣は姫らしからぬ姫のようなのであった。

「牛車《ぎっしゃ》の移動は面倒だから馬に乗りたい、自分の馬を持ちたいと、帝に直談判《じかだんぱん》をしにいったと聞いております。そんな姫がいままでいました？　いないでしょう」

「それだけじゃなく、馬をあてがわれたら、今度は毎日、自分でその馬の手入れに厩舎《きゅうしゃ》に通っているっていう話ですよ？　藤壺の女官たちは、どうにかして部屋に引き止めようと四苦八苦しているのに、平気でお顔を出して歩いてまわっているって」

「なんてはしたないことなんでしょう……」

「本当に。型破りで、みっともないったらないわね。輿入れの荷物のほとんどが食料とあとは水の樽《たる》だっていうのにも笑ったわ。まるで戦に出向くような荷物だと男たちが笑っていたって話よ」

いう。

装束や布に櫛《くし》、鏡、名のある絵師に描かせた屛風《びょうぶ》などの調度品はほとんどなかったと

「水なんてどこにでもあるのに重いだけだって、宵の上家の者たちが樽の水を道中で抜いて捨てたって聞いてるわ。中身を一気に空にしたらばれてしまうから、少しずつ抜いたのだそうよ。宵の上家は、ほら、風雅を嗜《たしな》むのはお好きでも武には疎いから荷物を運ぶのに辟易《へきえき》したとかで」

「とても宵上家《しょうじょうけ》らしい話よね。それで、更衣は、樽のほとんどが空になってたのにも気づかずに都に辿《たど》りついたんですって？」

武家出身の姫はなんて間が抜けていて野蛮なんでしょう……と、女官たちは悪口を言うのだが、明子は一緒になって藤壺の更衣を貶《おとし》める気持ちになれずにいた。

――型破りなのは、千古さまもそうなのよ。

どうして女官たちはわからないのだろう。

型破りで、自ら愛馬を駆るようなそんな女性こそが、おそらく帝の心には好ましく見え

ているだろうというそのことを。

――私は馬になんて乗れないし、馬の世話なんて怖ろしくてできないわ。

苦い思いで女官たちの話に割って入る。

「でも三日餅《みかのもちい》を向こうで済ませて結婚したのよ？　それで、雨の日に抱きかかえて帝が自ら、藤壺にお連れなさったのよ？　出自がどうとか、はしたない姫だとか、そんなことはどうでもいいのよ」

「だけど所詮《しょせん》は更衣ですから」

「後ろ盾は武家で、貴族らしからぬ姫ですし」

女官たちは更衣のことでは、いつも同じことを言う。

だから明子もいつもと同じ言葉を返す。

「関係ないの。問題なのは、いまよ！　いままでは、この後宮で、三日餅を食べたのは登花殿の正后さまだけだったのよ!!」

婚姻に至るには、男が、女のもとに三晩通わなくてはならない。

帝と後宮の姫たちにおいてもそれは同じこと。

帝ときちんと婚姻を遂げているのはこの後宮で、正后と藤壺の更衣だけということになる。

「せめて他の女御ならまだしも、どうして更衣になんてっ。しかもどことも知れない山里

い。

「もっと位の高い相手ならまだしも源氏《げんじ》の武家筋ふぜいに先を越されてしまったのが悔しの、武家の女……っ」

今日も、明子は、話しながら、滲《にじ》む涙を袖《そで》で拭《ぬぐ》った。

しくしくと泣いているうちに感極まって、わっと声をあげて身体を伏せた。朽ち葉色の裏をあわせた百合《ゆり》の重ね色目の装束の布地が部屋に丸く広がる。

「それに……藤壺の更衣は、清涼殿に呼ばれているわ。主上も藤壺に何度かお渡りになっていらっしゃるし」

「でも昼の話じゃないですか」

「それにひと言、二言話す程度で、とても短い訪問ですよ。ふたりきりでどうこうっていうことじゃないですから、御子《みこ》が生《な》されることはまだまだなさそう」

「帝さまは信濃の地の制圧の後始末に忙しくしていらして、政治ばかりで、どこの女御の相手もままならぬと聞いていますしね」

若狭の君を筆頭に、女官たちが暗に「帝が宣耀殿に長居しないのは多忙ゆえ」というように、しきりに明子を慰める。

それが悔しくて、明子はがばりと顔を起こして睨《にら》みつけた。

「昼だとしても私は清涼殿にいったことがないの!! それに主上は一条の屋敷には頻繁に

出向いていらっしゃるし、文を渡しているし長く過ごしていらっしゃるじゃない。夜だってあちらで過ごしていることも多いって……」

「それは……一条の屋敷は正后さまのお里ですから」

「ええ……そうね。妖后《ようごう》さまのお里ですものねっ。主上が新しく妖后さまのために普請なさったの！　ふさわしい立派な屋敷を妖后さまのためにって」

妖后、と、明子は千古のことを、あえてそう言った。

いまや誰もが千古のことを、御仏の加護を得て奇跡を起こした〝妖后〟と、そうみなしている。

「姫さま、その呼び名を堂々とおっしゃるのは……」

式部の君が眉《まゆ》をひそめて、たしなめた。若狭の君もはらはらと式部の君と明子の顔を見比べている。

「言葉には力が宿ると申します。迂闊《うかつ》な言葉を発すると、妖《あや》しい力に魅入られるやもしれませんわ」

式部は物語を書くのが趣味で、後宮内の女官たちは式部の草紙を楽しく読んでいる。言葉というものを信じているからこその助言だろうが、明子の胸には届かない。それどころかむくむくと反抗心が湧いてくる。

宣耀殿の女官たちは誰を見ても華がないと明子は思う。絶望的に華がない。

「式部、陰陽師《おんみょうじ》みたいなことを言わないで？」

──そんな力が言葉にあるのなら、あなたの綴《つづ》る草紙で、どことっいってぱっとしない私のような姫を出してみせるといいわ。

そして、帝になぞって作りだした光り輝く美しい男に、私に似たぱっとしない女との燃えるような恋を描いて、私の心を震わせてみてよ!!

言葉に力が宿るなら、その言葉の力で明子を東宮の母にしてみせてくれと思う。

明子の現状をその言葉の力で、どうにかして覆してみせてくれ、と。

「ですが……」

式部の君は困り顔になって、助けを求めるように見回した。

女官たちは、どうしたら自分たちの仕えるこの姫の気持ちが晴れるのかを探しあぐね、疲れ果てている。全員が式部から目を逸《そ》らし、うつむいた。

「鬼姫のことは、見なくてもわかってるわ。あの主上がわざわざ鄙《ひな》の地まで出向いて迎えにいった女性ですもの。きっと明子とは違って、美しい姫に違いない……。教養はなくても才気走ったところのある……そういう女性なのでしょうね。正后さまのように。私とは……違う。なにもかも違う女性よ」

そう告げて、今度は、しゅんとしてうつむいた。

怒ったり、うなだれたりと、ここのところの明子の感情の高低の激しさは仕える者たちを振り回している。

しおれた明子のまわりで女官たちが顔を見合わせた。

かけるべき、ちょうどいい言葉が思いつかないのだ。

明子には取り柄となるようなものがない。それは、自身も、そして女官たちも充分に身に染みている。きらめくものがなにひとつないから、正后に、後宮の他家の女御《にょうご》たちの前で手痛い恥をかかされても言い返す術《すべ》もなかった。

曲水の宴《うたげ》で正后に与えられた恥辱は、鈍い痛みとなり、明子だけではなく、仕える女官たちの心も歪《ゆが》ませていく。

「ですが……ですが……此度《こたび》の更衣は鬼の姫です。鬼なのです」

若狭の君が、なんとか明子を励ますようにそう言った。

「鬼だからそれがなに？　それを言うなら正后は〝妖后〟よ？　それに、なんていったって、藤壺の更衣は三日餅を食べたのよ」

うつむいた明子が、またもやそう言って、ぎりぎりと奥歯を嚙みしめる。

「だけど更衣はこの後宮にいるべきじゃないわ。どうにかして里に帰してしまいたいものだわ。ねえ、あなたたちもそう思うでしょう？　だってあれは鬼なんですから。良くないものを後宮に運び込んだに違いない」

――いま私こそが鬼の顔になっている。

そう思う明子の心を裏付けるように、女官たちが、皆、明子からそっと視線を逸らした。

2

明日には登花殿《とうかでん》に戻りますと帝《みかど》に文を送った日、未《ひつじ》の三刻の鐘が鳴り響く昼過ぎのことである。

一条《いちじょう》の屋敷を帝が訪れた。

先触れもなく、少ない供だけでやって来る。いつも帝はそうなのだ。

とはいえ、いまの千古《ちふる》たちには犬の捨丸《すてまる》がいる。その吠《ほ》え方で、誰が来るかが事前にわかるのが便利だ。

女官たちはもう慣れたもので、捨丸の様子から「帝注意報」という言葉を作りだし、

「帝注意報が鳴りましたわ」

「姫さまのお部屋に几帳《きちょう》を立てて、帝さまにあわせてしつらえましょう」

「この吠え方だと、お供はいつものように暁《あかつき》の下家《しもけ》の者でしょう。お供の方たちはあちらの部屋で休んでいただいて、小腹の空《す》く時間ですもの、湯漬けなどを出してもてなしま

しょうか」

　と、ぱたぱたと駆けずりまわる。

　帝は供をした者のもてなしは女官たちにまかせ、案内を待たず、千古の引き籠《こ》もってい た寝殿の間へと歩いてきた。

　裾《すそ》を長く仕立てた御引直衣《おひきのうし》が、帝の涼しげな美貌《びぼう》を引き立てている。帝はいつでも動きが綺麗《きれい》なものだから、後ろに長く流れる布地の多い装束が映えるのだ。

　障子を開けて入室し、几帳を越えてひょいと顔を覗《のぞ》かせて、気安い口調で帝がいきなり千古に言った。

「なあ、これから祭りにいかないか？」

　そのへんの子どもが、幼なじみを遊びに誘うような言い方だった。

　成子《なりこ》が用意して差しだした円座の上に軽やかに座る帝を見返して、

「え？　葵祭り《あおいまつ》りはもうとっくに終わってるじゃない」

　千古はぽかんと返事をする。

　祭りと言われると、誰もが四月の中の酉《とり》の日に行われる祭りのことを思い浮かべる。国の安泰と田畑の豊作を願う神事であり、選ばれた人びとが美しく装って、宮中を出発し、賀茂《かも》の神々へと詣《もうで》るのだ。

　葵祭りの行列はいつも豪華で麗しく、その列を見るための場所取りで貴族たちが争うことも含めて、みんなが沸き立つ有名な祭事であった。千古も葵祭りの舞人の奉納には興味はないが、流鏑馬《やぶさめ》を見るのは好きだった。

今年はふぬけているうちに、楽しむ余裕もなく葵祭りが過ぎていったけれど。

なにせ千古は正后なので、宮中で行われる祭儀には当たり前に参加する。御簾《みす》の奥で美しい十二単衣《じゅうにひとえ》に身を包み、髪に葵の葉を挿した麗しい若者たちが御幣物を捧《ささ》げ持つのを見送った。

やらねばならぬことを成し遂げて——あとは気を抜いてぼんやりと、見目麗しい斎院《さいいん》の最近の噂話《うわさばなし》を聞いたりしていた。

斉院とは、賀茂神社の奉仕につとめる未婚の内親王のことである。

伊勢神宮《いせじんぐう》には斎宮《さいぐう》を置き、賀茂神社には斎院が置かれている。

帝が即位するのにあわせ、斎宮と斎院が定められる。

帝の流れを汲《く》んで生まれた身の上ながら、女であるがゆえに帝位争いの蚊帳《かや》の外。どの男性とも添い遂げることなく、神と生涯を共にする清らかなふたりの乙女のことを——そういえば、千古はあまりよくは知らないのだった。

——帝の即位のときに代わりの斎宮と斎院が占いで選ばれて、いまも潔斎の日々を送っていらっしゃるのよね。

洛外《らくがい》である嵯峨野《さがの》で神に祈る日々を重ね、来年にはそれぞれに現斎宮、現斎院と交代する手はずとなっている。

そういえば、その嵯峨野にある野宮《ののみや》もここのところは物騒で、鬼がはびこるのだとそういう噂を聞いた気がする。

千古は、生き返りの奇跡を起こす后《きさき》となってしまったので、鬼や不吉にまつわる噂がいままで以上に自然と向こうからやってくる。千古に占われたり、祓《はら》われたりしたがる人物もたまに現れて、正直なところ辟易《へきえき》しているのだが——。

という、噂話を思いだしながら帝の話を聞いていると、

「葵祭りじゃない。もっと普通の祭りだ」

と、帝が千古の問いかけに応じる。

「普通ってなに？」

なにかしら根源的な質問だよなと一瞬、思った。

まったくもって普通とはなんぞやだ。

「外の祭りだ。都の外さ。洛外だ。田植えの祭りがあるんだ。貴族たちには関係のない、小さな神社と農村の豊作を祈るお祭りだ。市はさすがに立たないが物売りがたくさん来て、田楽踊りもある」

「洛外の村の祭り？」

「気が乗らないか？　残念ながら白い餅《もち》は出てこないが、きび餅くらいはあるかもしれな

い」

帝がきらきらと目を輝かせて、両手で「見えない餅」を丸めて転がしながら言うから、

「あー、あなたは餅が好きだよね」

と笑ってしまった。

「餅が嫌いな奴などこの世にいない」

断言してのける。

帝はとにかく餅が好きだ。内裏でさまざまな珍味を食するようになっても、いまだにつきたての餅が帝にとっての最上のご馳走《ちそう》なのだ。

すべてが斜め上の提案すぎる。

なんでいきなり、洛外の村の、村祭りに誘うのだ？　きび餅が食べられるかもしれないから？

「私だって餅は好きだけどさあ」

村祭りと餅のために洛外に出ていいものなのかとためらうと、帝が、一瞬、なんともいえないけなげな子どもみたいな顔をした。

すぐにそのすがるみたいな目はかき消えて、いつもの不遜《ふそん》な強い男の顔つきに戻ってしまったのだけれど。

帝は千古を見つめたまま、身体を斜めに傾《かし》がせて、千古の手の上に手を重ねる。あたた

かくて大きな男の手だった。手のひらの皮膚の一部が固くなっている。

──強い男の、厚みのある手。

覆われた手の甲から、彼の熱が伝わってくる。そうしたら、ふっと気持ちが過去に持っていかれた。抱きしめられて眠りについた、たったふたりぼっちの「何者でもない」男と女だった旅路の夜の記憶が蘇《よみがえ》る。

帝なのに、胝《たこ》ができるまで武具を振りまわすかさついた指先を持つ彼の手が、千古は好きだ。内裏の奥から飛びだして自分の目で外を見て政治をしようとする、彼の生き方も。

彼の手で頭や頰を撫《な》でられた、むずがゆくなりそうな愛《いと》おしい感触を覚えている。

つかの間重なった唇の温度が胸に染み込んで、泣きたくなったあの夜。

男女の営みには至らず、そのずっと手前でたゆたうように、帝は千古を抱擁したのだ。

彼はひたすらに千古を守り、甘やかして、優しく撫でた。

いまになってみれば、甘美な夢のような時間である。

「すまん。俺は、なかなか自然におまえのことを誘えない。誘い方が下手なようだな？

ただ一緒にどこかにいきたかっただけなんだ」

千古の手を軽く握ったまま、近い距離に顔をつめて真顔で、ぼやく。

直截《ちょくせつ》だ。

「そうね。下手だわ」

「だめってわけじゃ……ないけど」

真っ向から強い勢いでぶつかってきて、片手を握りしめて逃すまいと追いつめてくるやり方に「だめ」と言いかねているあたりで、察して欲しい。

苦手な相手にされたなら問答無用で叩《たた》きのめすが、帝に対しては手も足も出なくなってしまう。

それはつまり——だめじゃないということで——嫌いじゃないということだ。

「来なければ、来なくてもいいんだ。でも、おまえが止めても俺はひとりでいこうと思っている」

「洛外の村祭りに？」

聞いた途端に、そういうことでもあったのかと、千古は思う。

秋長《あきなが》という護衛の兵衛《ひょうえ》の不在は、帝の日々にも影響している。彼が信頼し、連れて歩ける供もまた、いなくなったということだ。

どこかにお忍びでいこうとしたら、帝はもう、ひとりで出歩くしかないのだ。

「ああ。無理にとは言わない。もしおまえが外にいくことを怖くないと思えるのなら……」

気遣う言い方が胸の底に引っかかった。

――私が外にいくのを怖がっていると思っている？

反射的にきつい声が出た。

「まさか。怖くないわよ」

「おまえは野良の后で、無邪気に外を出歩いて、どうやって押し込めていようとも隙を見て飛びだす。それが、出かけようという誘いを断るのだとしたら……」

斜め上の提案に、斜め下の推察だ。どうして千古が外を怖がるものか。

「そもそも野良の后じゃなかったし、いまだって洛外が怖いわけじゃないってば。ただ驚いたし、祭りがなんだかわからなかっただけよ。私にとって祭りといったら葵祭りのことで」

洛外の、名前もついていない小さな祭りなんて、知らないし、いったこともない。

自分はなにひとつ知らないのだと、そう思う。知ったふうな顔をして采配《さいはい》をふるって、その実、無知だから自分以外の大事なものを犠牲にしてばかり。

「護衛もなしで、俺とおまえのふたりきりなんて最悪だろうが――逆に言えば俺とおまえにしか迷惑はかからない。おまえのことだけは俺が守るが――それ以上の約束はいまの俺には無理だから」

側に控えた成子がはっと息を呑《の》んだのが伝わった。

どういう意図でそれを言うのかと千古は思わず帝の目の奥を覗き込む。

「あなたも怖いの？」

ひっそりとした小さな声だった。我知らず「も」という言葉を選び取っていた。怖いかと聞いてくる目の前の男は、自身のなかに脅《おび》えがあるから、同様に千古に問いかけたのか。

怖いのではなくただ——寂しいだけで。

自分のせいで誰かを犠牲にしてしまうのは、もう嫌で。

でも、自分たちは、どうしたって無傷で進んでいけるものではないのだと悟ってしまった。

少しの沈黙の後、帝《みかど》がささやく。

「いまの俺が怖いのは、おまえに呆《あき》れられることだけだ。他の連中の気持ちはどうでもいい。おまえだけだ。だから——一緒に祭りにいってくれ」

「……っ!?」

ずいぶんとまた熱烈なことを、真摯《しんし》な目で、おまけに、いい声で言ってくれる。

とにかく帝は顔が良くて、声もいい。

「すっごい恥ずかしいことをいい顔といい声で言わないでくれます？」

「恥ずかしいか？　本気なんだが」

「本気で言われたから恥ずかしいのよ。わかれ!!」

切実さと帝の哀切が伝わった。

帝と自分のいまの境地が似たようなものだと理解してしまったから、断れない。

おまけに帝は千古のようにふぬけもせずに、ずっとしっかり働きずくめだったのだ。

それなのに、千古に活を入れるのではなく、自分がつらいから共に来てくれというのを、たどたどしくも子どもじみた言い方で伝えてくる。

他人を頼るということをつい最近覚えたばかりの帝である。千古に対して心を開いたのも先だっての冬くらいからだ。この拙《つたな》い誘い方も、甘えも、計算ではなくたぶん無自覚。

——私がいま、己のふがいなさを実感したのも込みで、甘え方を知らないあなたが私に甘えてきたのに動揺したことを、ちゃんと、わかって!!

いや、わかったうえでこのやり方を使いこなしてみせたのならあざといから、わからないままでもいいかと、嘆息する。

千古のため息を聞いて、帝が眉《まゆ》をひそめ、首をわずかに傾げた。犬の捨丸が千古の命令を理解しようとするときの表情と角度にそっくりだ。

どうしろというのか、この男はと千古は胸中で毒づく。

いつもふいうちで千古の弱いところを突いてくる。

「わかった。いくわ」

呻《うめ》くような声でそう告げた。降参だ。

「うん」

「うんじゃないっ」

尖《とが》った声で言い返したら、帝は千古の顔をしげしげ見つめ、きつい目を、横にした三日月みたいに柔らかくほどいて、くしゃりと笑った。

ほっとしたような、甘えた目をして破顔するから、嫌になる。しかも片手はずっと握りしめたままだ。

「俺もこの畏《かしこ》まった綺麗《きれい》な装束も烏帽子《えぼし》も脱ぎ捨てて、民と同じ格好で外を歩く。大丈夫だ。一緒なら怖いこともないだろう」

「怖くないってばっ」

「うん」

「うんじゃないっ」

千古は、帝の手の下から自分の手を引き抜いた。そうしたら、帝がそのまま手を上げて、千古の頰に触れてくる。

くすぐったいし、なんだか頰がぽわっと熱い。

「そういう顔をすると、豆だぬきみたいで本当にかわいいって知ってたか？」

「豆だぬきって……知らないわよ。誉《ほ》め言葉でもないし、それ」

肩の力ががくりと抜ける。決めるべきところで、決めないのだけは、きっとわざとだ。でもおかげで照れが消えるから、ありがたい。

「――成子掌侍《ないしのじょう》、久しぶりに留守を頼む。正后を着替えさせてやってくれ。そうだな、はした女に変装させるのがいい。それから俺の着替えも用意できるか？」

「はいっ。ただいま用意いたします。おまかせください」

成子がうなずき、立ち上がった。

「え……ちょっと……成子、なに？　成子はこんなとき引き止める役目だったじゃないの」

「そうですよ。おふたりだけで変装して祭りなんて、よくないです。よくないですがっ、成子はいまとても感激しているのです。おふたりが夫婦らしく互いを思いあう会話をされたのですもの。仲睦《むつ》まじいご様子で」

「えっ!?」

どういうわけか、成子の目には涙が浮かんでいる。

「だから、決めました。許しますとも。そのかわり、典侍《ないしのすけ》に跡をつけてもらうことにしましょう。典侍のお目付があると思えばおふたりとも無茶《むちゃ》はされないでしょう？　おふたりにはそういう外側から制限する監視が、まだまだ必要です。……って、あ、すみません主上《しゅじょう》。たかが掌侍の分際で主上に向かって、許すとか、許さないとか」

成子は途中で我に返ったのか慌てた顔で帝に謝罪する。

「いや、別にいい。許さないと言われたら困ったが、許してくれるなら、なによりだ」

「はい……。すみません。差しでがましい口を利き……」

　小さくなった成子に帝が目を細めて笑った。

　そして、懐から取りだした手巾《しゅきん》を成子の目元に押しつける。渡された手巾を受け取った成子は、それを握りしめたまま、自らの袂《たもと》で目元を拭《ぬぐ》う。

「おい……使えよ、俺の布」

　思わずというように帝がつぶやいた。

「ですが……主上にいただいたもので涙を拭《ふ》くなんて申し訳なくて。袂で涙は拭けましたので、これ、お返しいたしますね」

　成子らしからぬそっけなさで、突き返した。

「だいいち、主上が涙を気にかける女性は、姫さまだけにしていただきたいので。姫さまの前で、たとえ私相手でもそういうことをされるのはどうかと思います」

　しかも、続けて、そうつけ足した。

　──これは、刺さる。

　成子の千古大好き度合いは知ってはいたが、ここまできっぱり「姫さまだけにしていただきたい」と断言されると、深く強く、胸に好意と忠義が突き刺さる。千古が気にしなくても、成子はそういうことを気にするのだ。

　帝はというと「なるほど。たしかにおまえの言う通りだ。正后は嫉妬《しっと》はしないが、それでもそういう気遣いをしたほうがいいな」と納得し、差しだされた手巾を自分の懐にしまい込んだ。

「成子掌侍が俺に教えてくれることは正しいことばかりだ。感謝する」

「とんでもございません」

成子が目を伏せ、帝が微笑《ほほえ》んだ。

そういえば——正后姿で過ごす成子と帝はけっこうよく一緒に過ごしていた。さらには成子の武芸の鍛錬として、帝が成子に稽古《けいこ》をつけて、朝に夕にと走りまわっていたこともあった。

存外、このふたりは互いを理解しあっているのかもと思う。

もしかしたら千古以上に、成子のほうが帝のことを把握している可能性も高い。

「成子掌侍が怒るのも、泣くのも、いつだって他人のためだ」

帝がぽつりとつぶやく。

「え？」

「掌侍は、なんならもっと怒ってくれてもかまわないと俺は思うよ。俺たちはおまえには、いらぬ苦労をさせている。俺たちが信濃《しなの》にいるあいだ、後宮を守ってくれていたのはおまえだ。いま、正后の評判がいいのはすべて、留守をつとめた成子掌侍の成果なのだから」

しみじみとそう言うと、成子がうつむいた。

「……もったいないお言葉でございます」

消えてしまいそうな小声だった。

「もったいなくなんてない。おまえには感謝しかない。そうだろう？」

と、千古を見て言うから、

「そうだよ」

と同意する。

そこに関しては、千古は、骨身に染みてわかっているので。

「祭りでは掌侍にもなにか土産を買ってくるからな」

帝が優しく伝えると、

「いえいえ。そんな……とんでもない」

成子はぶんぶんと両手を振って遠慮する。千古は思わず助言した。

「そうじゃなくて、お土産は指定したほうがいいよ、成子。なにも言わないと主上は絶対に餅《もち》か、餅っぽいものを土産にするよ？」

「だめなのか？　成子は、餅が嫌いなのか？」

怪訝《けげん》そうに聞いてくる帝を見て、千古と成子は顔を見合わせて小さく噴いた。

「いえ。成子はお餅、大好きです。ですが、おふたりで仲良くお出かけし、ご無事で戻ってくださるなら――それがなによりの土産でございます。じゃあ典侍にお願いをして参りますね。お支度をさせていただきます」

成子はいそいそと千古たちの衣装を用意しに部屋を出た。


千古は小袖《こそで》に褶《しびら》、帝は麻地の直垂《ひたたれ》に絞り袴《ばかま》という軽装に着替えさせられた。急遽《きゅうきょ》、成子と典侍が準備してくれたのだが、それぞれにきちんと身体にあっているのがさすがである。


「そういう日がくるような気がしていたので」

というのは成子の弁だ。

そういう日ってどういう日なんだと聞き返すと「おふたりで普通の男女の変装をして、お外に出かけるとおっしゃる日ですよ」と遠い目をして成子が言った。

ありとあらゆる「そういう日」をどうやら成子は想定し、手抜かりなく準備をしているらしかった。ありがたいが、有能すぎて怖くなる。

さらに千古の鬘《かつら》を脱がせ、振り分け髪を梳《す》いてから結い上げて櫛《くし》で器用にまとめてくれた。長さは足りないが、千古の髪はもともと豊かでたっぷりあるから、それなりにうまくまとまって見えた。

「鬘でもなく、小坊主でもなく、出掛ける日もあるような気がしていたので髪型をまとめる練習もしておりました。これならば動きやすいし、かわいらしいでしょう？」

かわいいかどうかは別として、動きやすいのは間違いなかった。

「成子がすごすぎて言葉が出ない」

「姫さまの口から言葉が出ないことなんて、あるものですか」

あっさり返される。

「お祭りに出かけるにあたり、いくつかの提案があるので聞いてください」

「それも、こういう日のために考えていたの？　どれだけのことを想定しているの？」

ありとあらゆることを、と、成子は再び遠い目で応じる。心の底から申し訳ない気持ちになった……。

最終的に成子は千古と帝《みかど》を並べて座らせて、その前にかしこまる。

「門限を定めます。無制限でお出かけはさすがによくないと思うので」

成子が千古たちふたりに対して、嚙《か》んで含めるようにそう言った。

成子は私たちの保護者かと、脳内でそっとつぶやく千古である。

「典侍がいなくなることで一条の屋敷の警備が手薄になることを覚えておいてくださいませ。こういってはなんですがこの屋敷で一番強いのは典侍で、次が姫さまですからね。あとは女たちだけですが、今日は、主上のお供をされてきた暁下家《きょうかけ》の男たちがいるので私たちで留守をしてもよかろうと判断したのです」

と成子が、真顔で続ける。

強いのが典侍で、次点が千古って正后としてどうかと思ったが——実際そうだから反論はできない。しかも自ら好きでそうなった。反省はしていない。

「その典侍だが……いったいどこに？」

帝が尋ねる。典侍の姿は、千古たちが着替えてから見えなくなった。

「こっそりと跡をつけるということになったので、ちゃんと隠れて、忍んでおふたりをつけていくので。ああ……本当に心配で……できれば出かけて欲しくない。でもおふたりで出かけるのはとてもいいことで……ああ、もう。どうしましょう。とりあえず典侍のことは、おかまいなく」

両手を上下にぶんぶんと振り回したり、頰をぷうっと膨らませて両手で挟んだりしてひとりで煩悶《はんもん》しつつ、力説している。

成子はかわいいが、言っていることはわりとおかしい。

「かまうわよ……」

「最初に姿を見せてついていったら〝ふたりきり〟じゃなく〝三人のお出かけ〟になってしまうじゃないですか」

「ついてくるってわかってる時点で〝ふたりきり〟じゃないわよ？」

胡乱《うろん》に問うが、成子は頓着《とんちゃく》せずに千古の顔を覗《のぞ》き込む。

「雰囲気として〝ふたりきり〟なのが大事なんです。かといって本物の〝ふたりきり〟だとあなたたちは無茶ばかりするから」

それにはもうなにも言い返せないので「はい」と応じた。

「あとは、いいですか？　成子が正后のふりをして留守を守っているということを、しっかり肝に銘じてご無事にご帰宅くださいませね？　姫さまは私のことも心配ですね？」

「心配よ。もちろんよ」

「その心持ちを忘れずにいてくださいませ」

念押しをして千古がうなずくのを見届けてから、帝に対しては深々と長く頭を下げた。

着替えて髪を整えるのにそれなりに時間がかかってしまっていたようだ。

外に出れば、たなびく雲が薄い紫から菫色《すみれいろ》に変わり、染料をぶちまけたようにぬるりと赤い夕焼け空が広がっていた。

「そういえば、明日、内裏に戻るって手紙を渡したの読んでくれた？」

隣を歩く帝に千古が問うと、

「朝に来たのは読んだ。祭りに誘うから返事はそのときでいいかなと思った」

帝が淡々とそう応じる。

「相変わらずあなたは返しの文を寄越《よこ》さず、自分で返事をしに来てしまうのね」

小さく笑うと、帝がいぶかしげに眉《まゆ》をひそめ「会ったほうが早い」と言う。

「それに俺は、おまえからの文を見たらものすごく会いたくなったんだ。文字の善《よ》し悪《あ》しも歌の上手《うま》い下手も俺にはさっぱりわからないが、おまえの今朝の文字は少し疲れて見えた」

疲れて見えたから会いたくなった。言うのはたやすいけれど、それで実際に会いにくるのは難しい。それをやってのけるのが、かなわないなと、うつむいた。

「そう？　ずっと渡来の薬草や医術の本を書き写してたから、手と指が疲れてたかもしれないわ」

木々のあいまに、人に踏みしめられてできたのだろう細く頼りない道が続く。

洛外——嵯峨野の付近の村だった。

遠くから田楽舞いの鉦《かね》と太鼓に笛の楽曲が響く。笑い声や、囃《はや》し立てる声。なかなかに賑《にぎ》やかな祭りのようである。

「掌侍《ないしのじょう》はおまえの親みたいだな」

帝が言う。妙にしんみりとしている。

千古と同じようなことを考えながら、成子の話を聞いていたのだろう。

同じ気持ちを共有できているのは、ほんのり嬉《うれ》しいような——この場合においては、そうでもないような？

「成子は私だけの親じゃないわ。あの子は、誰に対しても優しくて、親切なの。あなたのことも気にかけている。慈愛の塊みたいな子なのよ。もちろん、そのなかでも、私のことは特にものすごく大切に思ってくれているのはわかってる。私も成子のことが大好きよ」

千古が〝妖后《ようごう》〟として後宮に居場所を落ち着けた要因のひとつは暁下大臣《きょうかのおとど》の贈り届けた賄賂。ふたつめは、成子が、信濃に出向いた千古の身代わりで正后として過ごした月日のおかげだ。

千古自身がその日々を過ごし、訪れる貴族や女御《にょうご》たちに応対していたら、どちらかというと邪悪な方向に妖《あや》しい后《きさき》として名を売ってしまっていただろう。

成子は相談事に真剣に向き合い、心を傾けて、一緒に泣いたり笑ったりしていたはずだ。そこには闇も裏もなく、相手のためになるようにという親切さだけが滲《にじ》んでいたのだろうことは想像に難くない。

本気の言葉には力が宿る。真心のこもった優しさは身に染みる。

「そうだな」

帝が、うなずいた。

林が途切れると、視界の先に、人びとの姿が見えてきた。麻や樹木の繊維で織られた布の着物を身につけた村人たちが、楽しげに笑いあっている。

鉦に合わせて舞っているのは頭に花笠《はながさ》を載せた舞人だ。

この村の田楽舞いは陽気で、どこか滑稽《こっけい》な振り付けのものだった。輪になって眺める人びとのなかには、手を叩《たた》いて共に踊りはじめる者もいる。

「お」

と、帝がつぶやいて目を輝かせた。

「なに？」

と見上げるのと同時に、帝が千古の手を引っ張っていく。

いきなり手をつながれて、千古の胸がとくんと鳴った。よくわからない衝動だった。恥ずかしいとか、そういうのとも違う。胸の奥がずきんと痛くて、切ない感じ。

千古の動揺なんて知らない顔で、帝は千古をぐいぐいと引きずって歩いていく。斜め前にある大きな背中と、ちらりと千古を振り返った帝の笑顔に、千古は狼狽《うろた》えて声をあげた。

「ちょ……だから、なにってば」

「ほら、あそこに物売りがいる」

市というほどではないのだが、物売りたちが道ばたに筵《むしろ》を広げて商品を並べている。子どもたちが集う売り物もあれば、大人が値段の交渉に熱心な商品もある。

ぱっと覗き見た感じ、帝が示している売り物は、餅などの食べ物ではなさそうである。

「餅じゃないけど、いいの？」

「おまえは餅《もち》をそこまで好きじゃないみたいだから」

「いや、好きなほうだけど?」

「どうせ渡すなら喜んでもらえるものを渡したい」

振り払うこともできないまま、握られている手が変に熱い。

言われた言葉より、つながっている手ばかり気になって仕方ない。

帝がぐるりとあたりを見渡し、

「あれとか……どうだ?」

と千古に聞いた。

「あれって?」

視線の先を追いかける。帝が千古を引いて、並んでいる人の背中に「悪い。ちょっと見せてくれ」と声をかけて、割って入った。いつもは言葉が少ない帝なのに、今日の彼はやけに明るく、そして軽い。

千古からしても、はじめて見る帝の姿であった。

――前に旅をしたときは、調べなくてはならないことと、やらなければならないことが山積みだったから、息抜きっていう感じじゃなかったし。

内裏を離れて高貴な装束を脱ぎ捨てたがゆえの素の姿だからだろうか。それとも千古の気持ちを引き上げようとして、陽気にふるまってくれているのか。

千古の手を引っ張っていく力の強さに、ふと、どうしてか泣きそうになった。

つないでいるその手が、あたたかいということが千古に愛《いと》おしさと切なさを同時に運ぶ。

目の前にある男の熱が、失ってしまった人への想いや後悔を千古のなかから汲《く》み上げていく。

まぜこぜの感情が全部ぐちゃぐちゃにひとつに固まって、身体のずっと奥でひりひりと切なく痛んだ。

「なんだよ、あんたたち見ない顔だね」

地面に座り込んだ物売りの男が千古たちを見上げて、言った。

「ああ。祭りがあるって聞いて遠出してきたんだ。なんだ？　見知った顔じゃなきゃ売ってくれないとか言いだすんじゃないよな？」

「まさか。客を選ぶような商売はしてないよ。こっちは毎日かつかつで生きてるんだ」

にかっと笑った物売りの男は「好きに見てくれ」と筵の上に、後ろに置いてあった籠《かご》からさらに荷を取りだして広げていった。

千古は帝の隣で、列の一番前に入り込み、敷かれた筵の上に並ぶ商品を見下ろす。

――草、である。

薬草。そして生薬。

「これなら俺からもらっても嬉しいんじゃないか？　餅もあとで見つけたら一緒に食べた

いが、まずはおまえが一番好きなものがいい」

帝《みかど》が吟味するようにしげしげ眺め、

「ドクダミはもう持ってるし、大蒜《にんにく》も手持ちがあったはずだよな。あれは……なんだ？

俺にはわからないが」

と言って、黙ったままの千古へと尋ねる。

「手軽に商いができるようなものだから、高価なものや貴重なものは多くはないと思う。

それでも……薬草は好きだろう？」

千古は帝を見返し、

「好きよ」

と、小声で応じる。

その瞬間だけ、賑わいが遠のいた気がした。ふたりだけが世界から切り取られたみたいに、互いの顔だけを見つめあった。つないだ手の指先が、かすかに震えた。

「……うん」

綺麗《きれい》な目を瞬《まばた》かせて、驚いた顔をして帝がうつむく。

なんだその反応は、と思う。不敵で不遜《ふそん》で、千古がなにを言っても狼狽えたりしないのに、今回の「好き」にだけ、どうして戸惑う？

——おまけにどうして手を離さないで、さらに強く握りしめてくる!?

慌てた千古はしなくてもいい弁解をしてしまう。

「あ、いや、植物が好きなだけで」

「わかってる」

そうしてふたりは互いから視線をそらし、そこに広がる薬草を凝視した。

途端、物売りの男がげらげらと大声をあげて笑いだす。

「なんだよ。初々しいね。けっこう年がいっているように見えるのに、そんなふうなんて、いい暮らししている人たちはやっぱりそういうもんなのかい？」

「いい暮らししてるって……なんでそう思うんです？」

千古はなんでもいいから別な話がしたくなって、物売りに聞き返す。

「日焼けの具合や肌つやを見ればわかるさ。なにもしてないわけじゃあないし、指先くらいは荒れてるな。でも、田畑耕してるって爪でも指でもねぇだろ。それに畑作ってる連中の足や腰は、そういうふうな肉付きにはならないもんだ。そっちの兄ちゃんは普段はきっと剣とか槍《やり》とかそんなもんを持って歩いてんだろ？　でも貴族さまってわけでもなさそうだ」

「どうして貴族ではないと、そう思う？」

帝が聞く。感情のない平坦《へいたん》な聞き方だから、相手もするすると答えを寄越す。

「貴族とか帝さまとかは洛外の祭りに来たりしないからな。みんなの普通の暮らしをちゃんと見回りしてくれるいい奴は、出世しないと決まってる」

これは、手痛い。

「だから、もし、あんたらが貴族だったとしたら、そりゃあめったにないいい貴族さまってことだ。もしあんたが大臣なんかだったら、うちの売り物を底値以下に負けてやるよ」

「残念なことに大臣《おとど》じゃあないな」

「知ってらぁ」

物売りはにかりと歯を見せた。

「負けてくれなくてもなにか買わせてもらうよ。——どれがいい？」

帝が千古の顔を覗《のぞ》く。千古は選べず「うーん。手に取ってもいいかしら」と聞き、わくわくと薬草を選別する。帝が千古の手を放す。するりと抜けたその感触が、ちょっとだけ寂しいような、そんな気がした。

「そうね……。これは、黄連《おうれん》ね。口のなかの出来物とか熱と腹痛に効くわ。それからこれは猪油《いのあぶら》。猪油ちょうど切れてたから、欲しいなあ。成子の手が荒れてるから塗ってあげたいと思ってた！」

「よし。わかった。じゃあそれを」

帝が銅銭を取りだして支払おうとすると、物売り男が難色を示す。

「悪いがうちは銅銭では売らないよ。あんたら本当にいいところの連中なんだね」

貨幣制度はずいぶん前に政府によって確立されている。銅銭は十二の種類があり市場に流通しているはずなのだがと、千古は疑問に思い、問いかけた。

「……どういう意味？」

「その銅銭かどうかはわかんないけどさ、銅の割合が低い粗末な貨幣しか、いまはうちらんとこに流れてこないからね。お役人さんたちの誰かが、身内で蓄えるために悪い銭を造ってばらまいているんだろう？　俺達のあいだじゃ銅銭はもう価値のないもんだ。砂金とか布とか紙とか、きっちりと価値がわかるやつと交換してくんなきゃうちの商品は渡せないね」

「え……」

驚いて、帝を見る。帝もまた千古を見返した。

知らないあいだに悪貨により貨幣の価値が下がって、物々交換でのみ庶民の暮らしがまわりだしていたらしい。

――役人たちはそこまで腐っているっていうことなのね。

どんな場所でも共通して通用できる貨幣制度を作ることで、国を富ませようとしていたはずなのに、なかなかうまくはいかないものだ。

「わかった。じゃあ、これでどうだい？」

帝は銅銭をしまい、代わりに今度は小さな珠《たま》を取りだした。指の先くらいと小振りだが、つやつやと丸く透き通った水晶である。傷もない。

「ああ、それならいいよ。黄連と猪油だね。もうちょっとなにか持っていってもいいくらいだ。あ、そこにあるのは最近流行《はや》りだした〝水鬼の祟《たた》り〟に効くっていうお札だ。なにせあれは祟りだからお札頼みなんでね」

「みずおに……のたたり？」

みずが水、おにが鬼だと気づくまで少し時間がかかった。

「ああ。水辺に近づく女の腹に、水鬼が子を孕《はら》ませる祟りさ。経験のない生娘であっても、その祟りで、腹があっというまにどんどん膨らんで、高熱を出して、そして死ぬんだ」

――水辺に近づく女の腹に、水鬼が子を孕ませる？

「そんな祟りがあるっていうの？」

「信濃のほうで流行ってね――そこからぽつぽつとこのあたりまで水鬼の祟りがのしてきた。水辺にいかないのが一番だが、炊事だ洗濯だってなるとそんなわけにもいくまい？うちのお札を持っていくといい」

千古は考え込みながら「そうね」とうなずく。

まだまだ人びとは、病気というのは呪いや穢《けが》れによってもたらされるものだと思い込んでいる。内裏のなかですら病の治療は加持祈禱《きとう》だ。薬草の隣にお札が置いてあるのも、やむなしだ。

「でも……お札はいいわ。私は大黄《だいおう》をもらっていく」

「へい。そうかい？　毎度あり」

男は、ほくほく顔で千古へと生薬をまとめて寄越《よこ》した。

その後は、帝はもう千古と手をつないだりはしなかった。ただ近くに寄り添って、人が込みあう場所では自分が壁になって千古が誰かに押されないようにと、そういう気遣いをしてくれた。

ふたりで田楽舞いを眺め──他の物売りをひやかす。

成子と典侍へのお土産にと、櫛《くし》をふたつ手に取る。帝は「おまえのほうが成子掌侍《ないしのじょう》が喜ぶものを知っているだろうから」と言い、千古はさんざん吟味して、素朴な細工の半月形の櫛を成子のために選んだ。

「典侍に合うような櫛って……どれかしら。下手なものだと趣味が悪いと鼻で笑われそうだ……けど……？」

考え込む千古の横で、帝がひょいと腰を屈《かが》め、品物をひとつ取る。

「……小さな仏さま？」

手のひらにおさまるくらいの小さな木彫りの仏像である。

芸術的な価値はなく、高価なものでもないのはわかる。が、細身で小さなその仏さまの姿には、こちらに微笑《ほほえ》みかけてくるような優しさがあった。飄々《ひょうひょう》として見えるのが、どこか秋長に似ているような気がして、千古の目元に涙が滲《にじ》む。

「典侍にどうだろう？　どう思う？」

「いいと思う」

「じゃあ、これにしよう。おまえから典侍に後で渡してやってくれ」

きっとこのふたりのやり取りも、典侍はどこかからそっと見ているはずだった。

うなずいた千古は、帝から渡された仏さまと櫛とを、持参した布に大事に包んで懐にしまう。

それからふたりで餅《もち》がないのか探したけれど、残念なことに餅は売ってはいなかった。

かわりに濁り酒がふるまわれていた。帝が飲みたそうにしていたから「飲めば？」と勧める。帝は嬉《うれ》しそうにしていそいそともらって飲んだ。あまりにも美味《おい》しそうに飲むので
みとれてしまったら「おまえも、ひとくちだけ」と言われ、ひとくちもらう。

とろりとした液体が喉《のど》を伝い落ちる。お腹に落ちていく途中で、かっと熱くなる。

「旨《うま》いか？」

と聞いてくるから「まだ私には酒の美味《おい》しさはわからないみたい。身体が熱くなったわ」と生真面目に答える。帝は「そうか」と、笑った。

たったひとくち飲んだだけで、ぼうっとしてしまったのは、酒のせいというよりこの祭りの空気に酔ってしまったのかもしれない。千古の知らない景色で、千古には馴染《なじ》みのな

い世界だ。この里で、人びとは、当たり前に生きている。歌って、踊って、笑って、飲んでいる。子どもたちは顔を輝かせ、走りまわっている。

そのせいだろう。千古は、酒を注いでくれた女性に、気安い口を利いてしまう。

「ずいぶんと大きなお祭りなのね。賑《にぎ》わっていて、すごく楽しいわ」

女性の頬も、ぽうっと赤い。彼女もきっと酒を飲んでいるのだろう。

「今年はね、税が下がって、蔵の米を出してくださったから、少しは息ができるんだ。昨年からずっと鬼も出たし病気も流行って天候もよくはなかったし、悪いこともたくさんあったけど」

「そう」

「まだあたしたちは生きていける」

「うん」

なんだかとても――泣きそうになった。

帝を見上げると、帝の目元も酒のせいか少しだけ柔らかくほどけていた。それが愛《いと》おしく思えて、千古から帝の身体へとそっと寄り添う。帝が千古の肩に手を回し、引き寄せて、千古の頭をぽんぽんと軽く撫《な》でた。

そんな帰り道――気づけば周囲は暗くなっている。

「水鬼の祟りっていうのが気になるわね。どのあたりに流行っているのかを調べてみたい」

千古が言うと、帝《みかど》は聞いているような、そうでもないような「うん」を返した。

星明かりに照らされて、来た道をそのまま戻ればいいのに、帝はわざとみたいに迷ってみせる。細い道を外れ、山の奥へと足をのばす。

「どこにいくの？　変なところに向かうと、典侍に後ろからがつんと叩《たた》かれるよ？　典侍は本気の本気で怖いんだから」

「わかってる。おまえに酒を飲ませたあたりから、たまにちらちらと背後に気配を感じるから、本当にそれが典侍なのか、それとも別な誰かなのかをたしかめたくて」

「いやいやいやいや」

たしかめないでよ、典侍じゃなかったら危ないじゃないのというのと——気配なんてまったく感じなかった自分の至らなさとに、千古は「うーん」とうなだれた。

「なぜそこで落ち込む？」

「私はなかなかあなたたちに勝てなそうで。もっと修業をしなくてはなりませんね」

「正后が武の修業に励んでどうする？　いや、そうか。それでいいのか。それが、おまえか」

呆《あき》れた顔になっている。

その視線がすっと斜め横に逸《そ》れた。千古の斜め後ろの下のあたりを目を細めて眺めるから、千古も振り返って足もとを見た。

「その花、綺麗《きれい》だな」

帝がささやく。

低く這《は》うようにあたりを取り囲む樹木に、白い花が咲いていた。

月と星が白い花弁に銀の粉を降り注ぐ。暗闇のなか、光をまぶしたかのようにぽうっと灯《とも》って咲く花からは、甘く、優しい香りがした。

「ノイバラね。早咲きだわ。今年はあたたかいのかしら。ノイバラの枝には棘《とげ》があるから気をつけて歩いて」

ノイバラは、荒れ地に咲く花だ。

けれど、けなげで綺麗な花だ。

「……なるほど。おまえみたいだ」

腰を屈め、帝はノイバラの花へと手をのばし、花を一輪だけ手折る。枝を片手で持ち、懐から取りだした小刀で棘の部分を器用に削る。

そしてその花の枝を、千古の髪に、そっと挿した。

「似合ってる」

近い距離で、帝が微笑む。瞬《まばた》きをする彼の目の奥にも星が宿って見えた。

「はい？」

「もらっても嬉しくないかもしれないが……薬草以外のものもちょっとは渡したかったんだ」

帝が千古の髪に挿したノイバラに鼻を近づけ「いい匂いがする」と小声で言った。触れそうで触れない互いの身体を意識して、千古の胸がとくんと跳ねた。

一瞬で頭までのぼった熱が千古の頬を朱に染める。

「帰る」

千古はうつむいたままそう訴えた。

──こういうのは、私は苦手なのよっ⁉

「うん？」

「帰るったら帰る。早く帰らないと成子が心配しているし、寄り道なんてできないんだから」

千古はきびすを返し、背中を向けて、もとの道へと突き進んだのだった。

※

千古たちが祭りを楽しむその同じ夜の麗景殿《れいけいでん》──星宿姫《ほしやど》とその女官たちは、後宮を慌ただしく走り回って掃除をする女官や雑仕女《ぞうしめ》の騒動に眉《まゆ》をひそめていた。

「藤壺《ふじつぼ》の更衣が清涼殿へと渡る廊下に汚水が撒《ま》かれていたらしいですわ」

「それでみんなが掃除をしているの？」

「でも帝さまは今宵《こよい》は一条の屋敷に向かわれたと聞いているけど？」

「昨日の昼に、更衣が清涼殿に向かったようですから。二日続けていかせてなるものかっていうことでしょう？」

後宮ではよくあることだ。

「更衣は身分こそ身分だけれど美しい姫だから、気が気ではない女御《にょうご》がいるのでしょうね」

女官たちの語らいに、星宿はつんと顔を上げる。

帝のいらっしゃる清涼殿と藤壺が近いうえに、清涼殿への廊下を使わないとどこにもいけない造りなのである。だから呼ばれていなくても、清涼殿にいかざるを得ないし、近くを通り過ぎるついでに寄っていくのもやむなしだ。

なにより——美しい姫というだけなら、自分だってと思っているから。

そうしたら、女官たちが星宿を見て「とはいえ星宿さまのほうがずっと美しいです」と、つけ足した。

わかりきったことだから、星宿はそれには答えない。

「それにしても藤壺は不用心すぎるわね。後宮のことをまったくわかっていない女官たちしかいないんじゃない？　廊下の汚水は仕方ないとしても、部屋にかけてあった更衣の着物に水をかけられて台無しになったっていう話も聞いてるわ」

女官たちはまた噂話《うわさばなし》に興じはじめる。

「普通の水は手軽だからね。汚水や虫を集めるのよりずっと楽」

星宿は、黙って、女官たちの噂話に耳を傾けていた。

帝が更衣となる姫を抱きあげて入内《じゅだい》した――という、その話については、星宿は特に語りたいことがない。

鬼姫と呼ばれていたらしい藤壺の更衣の美しさについても、言いたいことはなにもない。

興味がないわけではない。

行事の際に遠目で見た更衣はあまりぱっとしなかった。御簾《みす》越しでの相手の美貌《びぼう》の見極めは、焚《た》きしめた香《こう》や装束の取り合わせで判断するしかない。つまり付き従う女官たちの趣味がよくないと、どうしたってつまらないものになる。

そういう部分で、更衣は「あまり美しくはない」姫だった。

外側にわざと垂らした裳裾《もすそ》ですら、これという特徴のない安物だったから失笑したことしか覚えていない。もっと目利きできちんと装束を整えられるような質のいい女官を雇えばいいのにと、それだけは思った。

が、実際に会ってみないと、自分が彼女自身をどう思うのかがわからないのだ。

　女性の価値はもしかしたら容姿だけではないのかもしれないと、最近になって星宿はそう思いはじめている。歌の上手《うま》さや教養や、楽器の巧みさだけではなく、もっと別のなにか。登花殿の正后にあって、星宿にはない、なにか。

だから、更衣のその人となりは自分の目でたしかめる。

たしかめてみて嫌いだと決めてから、悪し様に罵《ののし》る。それで、いい。

「それよりも、私は信濃にあったという鬼の都の真偽のほうが気になるわ。誰かその話について詳しく聞いた者はいないの？」

　星宿はわずかに身じろいで身体を起こし、白檀《びゃくだん》の木片を重ねた板扇を開いて軽く扇《あお》ぎながら問いかけた。

「こちらに戻ってきたときには、信濃に向かったときの兵がずいぶんと減ったそうじゃないの。主上は鬼を討伐し、宝を持ち帰ってきたとはいうけれど？」

　帝は、寺社巡りの果てに信濃の地で鬼の都に到達し、そこに集う数多《あまた》の鬼たちを成敗したのだとか。

「どうなのでございましょう。あな、おそろしや。鬼が都を創るだなんてそんなことが本当にあるのでしょうか」

「その鬼たちを主上はみんなやっつけてくれたんでしょう？　だったらもう安心じゃないですか」

「そうね。主上は雅《みやび》やかなところはないけれど——強い方だわ。それに正しき方でもいらっしゃる。寺社巡りの行幸もご自身のご提案で決行されたと聞きました。危険を顧みずに鬼の都まで向かったのも、人臣のため」

星宿が言う。

強くて優しいのは、主上だけではなく、その正后も——という言葉を、星宿は自分の胸中だけでつけ足した。

「ええ。雷雲帝《らいうんてい》の呼び名の通りでございますね。稲光でこの世の闇を切り裂いていかれる」

かつては揶揄《やゆ》の口調でささやかれた帝の通り名だったが、昨今の後宮では賛美と尊敬の表情と共に口にのぼることも多い。

少なくとも麗景殿では。

女御である星宿が帝に対して素直な憧《あこが》れを抱いているのが伝わるから、自然とそうなった。だからこそ、女官たちは星宿が「東宮の母」になることに期待を抱いている。星宿が帝のことを好いているのだ。いつか帝も振り向いてくださるだろう、と。

そして星宿も、正后の座は諦《あきら》めたが「帝の子」の母になることは諦めたくはないのだ。

これがつとめだと決めて嫁いだときとは違い、いまの星宿は、帝に対して初々しい恋慕を抱いている。まだ蕾《つぼみ》の固い恋の花を胸に抱え、振り向いてもらえればとそっと祈っている。

——正后にはなれなくても、皇子もしくは内親王をお産みすることはできるのではないかしら。

なにせここは後宮で、自分は麗景殿を与えられた女御なのである。

——宵《よい》の下家《しもけ》の力はいま陰ってきている。

星宿は、宵下大臣《しょうかのおとど》の失態の噂を思い返し、表情を曇らせる。他家の貴族たちのみならず自家の若い男たちにすら嗤《わら》われた大臣は、自分の屋敷に引きこもったきりもうずっと政治の場に出てこない。次をまかされた子息は、これといってときめくようなところがなく、平凡な働きぶりだ。

大臣については自業自得だと思っている。表立っては言えないが、悪行が本人の運命を下げたのだろうし天罰だとも思っている。

だが、宵の下家が、大臣ともども力を失うのは悲しいことだ。

——私がもし御子《みこ》を産めば、宵の下家がまた輝くことができるかもしれない。

女の力で——返り咲く。

それができたらと心が浮き上がる。男たちにとっては道具でしかない女が、家を支え、盛り上げることができたら——自分自身の胸がすく。
女官たちは、皆、星宿の花のごとき美貌をまぶしく見つめている。

鬼といえば、と女官のひとりがふと言葉を漏らす。

「このところよく聞くのは、水鬼の祟《たた》りのほうですね」

「水鬼？」

星宿はいぶかしく思い、問いかけた。聞いたことのない鬼である。

「姫さまはご存じないのですね。人の目には見えない水鬼が、水辺に近づく女たちの腹に知らぬあいだに子種を植えつけるそうなのです。信濃にはそういう鬼がいる、と」

「信濃に？」

「鄙《ひな》の地にしかいなかった水鬼がここのところは都の側にも現れるようになった……とか。もしかしたら藤壺の鬼姫が故郷から都まで引き連れてきた祟りかもしれないという噂が」

誰かが「あなおそろしや」とつぶやいて唇を押さえる。

「水に近づかないでいることなど、わたしたちにはできぬもの。気をつけなくてはならないわね」

女官たちが顔を見合わせて、ぶるりと震えた。

※

弘徽殿《こきでん》である。

廂《ひさし》の間に座る宵上大臣《しょうじょうのおとど》は蛍火《ほたるび》を見据えて、告げた。

「暁《あかつき》の上家《かみけ》と宵の下家はこれからは落ちぶれるだけだ」

宵上大臣は、痩《や》せぎすでひょろりと縦に長く、髪も髭《ひげ》も肌も白い。仙人のような、と、彼の容姿はよくそのように喩《たと》えられる。

仙人のごとき乾いた風貌の宵上大臣の言葉は、なにかの予言じみて聞こえることがある。実際に、彼は確信があるときしか言葉を口に出さないので。

日頃めったに腹の内を見せないため、実現可能なことをのみ口にして、だから彼が口にしたことはすべてが「そのようになる」のであった。

「そうなると東宮をお産みになるのは、おまえだろうと信じていた。まさかここで武家の更衣が輿入《こしい》れするとは思いもしなかった。困ったことだ」

互いのあいだの御簾は半ばまで上げている。蛍火は脇息《きょうそく》にもたれて、宵上大臣の前にいる。

大臣の隣に所在なげにして座っているのはまだ童である小君だ。大臣はここのところよく元服前である童の小君を連れ歩き、文使いなどをさせている。

大臣が人払いをするようにと申しつけたから、女官たちは皆、ここにはいない。

「困るようなことがございましょうか？　かの姫に与えられた局《つぼね》は藤壺で、地位は更衣でございましてよ？」

「それでも東宮に恵まれれば母となる」

「更衣のままでは国母《こくも》にはなれません。もし恵まれたならそのときは私が東宮となる子を譲り受け、大事にお育てしたいと願っておりますの。帝《みかど》にもその旨はお伝えしております。正式なお返事はいただいておりませんが、私の望みは叶《かな》うものと信じております」

「うん。そうだね。それがいい」

その確約を蛍火に言わせたくて、大臣はここに来たのだろう。

普段はわざわざ弘徽殿まで足をのばしたりしない人だ。多忙なこともそうだが、宵の上《よいのかみ》家《け》の男たちは、蛍火と会うことを厭《いと》う。彼女の背後に、とうに亡くなった先代の宵上大臣の亡霊が見えるのが怖ろしいから——と言ったのはどの男だったか。

怖ろしいものか。忌まわしいだけだろうに。

祖父と閨《ねや》を共にして育った蛍火を、見ないふりをしてきた男たち。

祖父の大臣に面と向かって意見を言う勇気もなく、蛍火を人身御供《ひとみごくう》に捧《ささ》げた過去の罪を思いだすから、蛍火を見ない。

──あなたたちの醜さも卑小さも薄暗い欲望もすべて私はわかっていてよ？

「そういえば──今日はどうしてここに立ち寄ったかというと、おまえに渡したいものができてね。小君、あれを女御にお渡しして」

「はい」

小君が返事をし、立ち上がる。小走りに駆け寄って御簾の奥へと差しだしてみせたのは──底がついて、蓋《ふた》もついた細工をされた竹筒である。

普段なら女官に受け取らせるが、今日は身近に誰もいない。仕方なく蛍火は「もっと奥に」と自分に近づくのを許す。小君が膝行《いざ》って、竹筒を蛍火に渡す。

「いまの話とは別に、もうひとつ、あなたにふさわしいつとめを思いついたのだ。そのなかに入っているのは帝の子種だ」

──帝の子種？

「それを、私に？」──

「おまえなら自分でこれを身体のなかに取り込めよう。おまえと帝が塗籠《ぬりごめ》でふたりで過ごす日があることは内裏のあちこちで語られている。いまならば帝の子として言い張れる」

──おぞましい。

渡された蓋をされた竹筒のなかで得体の知れない欲望が蠢《うごめ》いているような気がして、蛍火は、手元の竹筒を凝視する。

「このようなもので子が生《な》せると……？」

「力のある陰陽師《おんみょうじ》に、子という宝を得られるまじないを頼んである。竹筒に貼ってあるその札だ。僧都《そうず》たちにも祈願をしたのだよ。万が一でも可能性があるならば賭《か》けてみてもいいかと思ってね」

鬼子母神《きしもじん》のありがたい真言が墨で黒々としるされた札であった。鬼子母神は安産と子授けに御利益があることで有名だ。

「神頼みでございますか？」

「神仏は頼りになるものだ。祈りゆえに授かったと言えばどうにでもなる」

帝のものといいながら——どの男のものかは定かではない。たしかめようもない。

それを我が身に取り込めと、大臣はそう言うのか。

「承知いたしました」

それでも蛍火は受諾した。

竹筒を引き寄せる手を、大臣がじっと凝視する。その喉《のど》がこくりと鳴る。なにを思っているのか。もしかしたらこの子種とやらは、大臣のものかもしれない。

「ですが、私の腹に宝をいただくことができたとして——帝が認めないこともございましょう。そのときはどうされますの？」

「認めさせなさい。おまえならできるだろう？ 期待している」

そう言って宵上大臣は部屋を後にした。

——忌々《いまいま》しい。

こんな竹筒の中身で子が得られるはずもなかろうに。まじないをしたからどうにかなると、そう言うか。産むのも育《はぐく》むのも自分たちではないくせに。

蛍火は両手で自分自身の身体を抱きしめる。

自分はずっと男たちの道具で遊具でしかなかったが。

——道具としての私の、美しく磨かれた器のなかに、獣の魂があることを教えてくれたのは、あなたたちでしたのに。

あの女は獣だと言っていたではないか。

——獣になにを求めようというつもり？

喰《く》うか、喰われるか。

生きのびるか、死ぬか。

蛍火はもうずっと死に甲斐《がい》を求めて己の命を生きのばしてきたのだ。

その夜である。

蛍火は新参者の女官を塗籠へと呼びつけた。

「信濃《しなの》の君を、ここに」

呼ばれた信濃の君は、おずおずと身を低くして蛍火の前に膝行《しっこう》した。

「はい。なんでございましょうか」

気後れしているのか小声である。

他の女官たちはひっそりと部屋を出ていってしまった。衣擦《きぬず》れの音が遠ざかり、信濃の君はうつむいたきり顔をあげられないでいる。

信濃からやって来たから「信濃の君」だ。

弘徽殿の女官たちはそれぞれが美しく、そしてどことなく硬質で、冷たい。部屋の主《あるじ》とつかえる女官は不思議と似通うものなのだ。

が、信濃の君は誰にも磨かれない河原の石のようにして、そこにいる。

「今日はあなたのためだけに新しい香を焚《た》いたのよ。普段、めったなことではこの香は使わない。癖になるものだから。これはね、ツガルの香よ」

ツガルの香は幻覚をもたらし、長く続けると癖になり、ときには人の理性を崩壊させるそういう悪《あ》しき香りだ。が、身体の苦痛をやわらげるために焚きしめることもある。

ようは使い方次第だと蛍火は思っている。

信濃の君は言われたことだけを額面通りに受け取っているのか、そんな珍しいものを自分のためにというように、さらに身体を縮ませた。

「困った人ね。私はあなたを怖がらせるようなことをしたのかしら。こちらをお向きなさいな」

そうささやき、蛍火は信濃の君へと身体を傾ける。

思わずというように身を引きかけた信濃の君を、蛍火の白く冷たい手が止める。

床についた信濃の君の手に、蛍火の手が重なった。

そのまま身を乗りだして、蛍火は信濃の君の顎《あご》に指をかけて上向かせた。彼女は素直に蛍火にされるがままになっている。

──あなたは、あらがわない女なのね？

顔を覗《のぞ》き込むと、綺麗《きれい》な目を縁取る睫《まつげ》が、震えている。

蛍火から必死に目をそらそうとする彼女の様子が愛らしいと思う。

「年は十六になったばかりだったわね？」

彼女の耳がぽうっと赤くなった。蛍火に重ねられた手もかすかに震えている。

「私、なんの理由もなくあなたを弘徽殿に入れたのではないのよ？　思うところがあって、信濃に縁のある今年十六歳になる美しくて相応に教養のある女官が欲しくて伝手《つて》を探したの」

蛍火はまだ若いときに越後《えちご》の海沿いの村で過ごしたことがある。

鄙《ひな》には鄙の良さがあるとそのときにわかった。海というものを死ぬまでのあいだに見ることができて良かったと、いまになって思う。

それだけじゃない。

行き来の途中に見た、信濃の奥深い山道の緑がとても美しいと思ったのだ。

「私、信濃にご縁があるの。二度ほどあの地を通り抜けて——深い山奥と湖水の美しさに心を打たれたわ。ごうごうという風の音は怖ろしかったけれど、神仏というのは、こういう場所にこそいらっしゃるのかしらとも感じたの」

信濃の君は顔を上げ、つぶやいた。

「そうなんですか。姫というものは都から出ることはないのだとばかり」

言った途端に目を瞬《しばた》かせて、また顔を伏せる。

蛍火はわずかに口元をほころばせた。

彼女があまりにも素直な気持ちを口にするものだから、弘徽殿の女官たちは彼女の純朴さに驚いて、つい笑ってしまうのだ。けれど、それは好意的な笑みというわけではない。表裏のない態度というものを、弘徽殿の女たちはどこかで馬鹿にしているのだ。

蛍火は声をひそめた。

「そうね。都から離れて遠出をする貴族の女は珍しいわ。高貴な女は外を出歩かないものと決まっている。それに高貴な姫はめったなことでは鄙の地の屋敷で過ごしたりもしないのよ。間違いがあったら困るもの。外は、危ない。警護の人手の足りない屋敷には、男たちが忍ぶものだし……」

そういえば、海辺の屋敷に忍んできた若い男と共寝をしたら、なにを思ったのかその子は守り袋をくれたのよ。

蛍火がささやいた。

「守り袋なんて役に立たないものをくれる男は、好きじゃないのに——その男のことをここにきて思いだしてしまったのは、今上帝と少し似ていたからかしら。私が相手をしたなかで、ただひとり、すれていない男だったわ」

「……っ、そんな……」

「なに？」

「そんなこと……あってはならないはずです。後宮に入るような姫さまが別な男性と……」

「かわいいことを言うのね、あなた。大臣《おとど》は、今上帝の頭に載せた冠はすぐに次代に渡すつもりで、帝の御子《みこ》を腹に宿せる女を欲しがった。私なら、それができると宵上大臣は思ったのよ。私はどんな男が相手でも閨に引き込むことができるから」

「あ……の」

信濃の君の声は震えている。どこもかしこも震えていて、小さな動物のようにして蛍火の前で脅《おび》えて身を竦《すく》ませている。

——あなたは磨けば光る石ではなくて、もっとやわらかな土のようだわ。

人の形はそれぞれで、整え方もそれぞれだ。

信濃の君は泥のようで、こねまわしたらずぶずぶと指が深く食い込む女なのかもしれない。柔らかな手触りのそれをこねて形を整える。乾かして、焼き上げて、色を塗って輝かせる。そういう育て方もある。

「あなたは自分が美しいことをまだわかっていない。私があなたを美しく育ててもいいかしら？」

「それは……あの……ですが……。私でも……蛍火さまのように美しくなれますか？」

おずおずと小声で聞いてきた。

蛍火は、うなずいた。

——かわいらしい子。なんでも思ったままを口にしてしまうのね。

自分にはそんな時代があっただろうか。どう思い返してみても、そうであった記憶は欠片《かけら》もなくて、気づいたときはもう蛍火は、いまの蛍火になっていたような気がしてならない。

——あなたは私にはちっとも似ていない。

他人だわ、と思う。

ふと、蛍火の唇から言葉が零《こぼ》れる。

「私には、ひとりだけ子どもがいるの」

信濃の君が目を丸くして蛍火を見返した。けれど視線が合うと慌てたようにしてすぐまた目を伏せてしまう。

「まだ私自身が幼くて、命を宿したことをまわりも私も気づけなかった。腹がどんどん膨らんで、だから私は、腹の子の父の采配《さいはい》で、遠い海沿いの地にいって、隠れて子を産んだのよ。女の子だったわ。でも私が寝ているあいだに、私の姫は捨てられた。あなたと同じ年の姫なのよ」

弘徽殿の女官たちにも教えていない秘密だ。

「姫を捨てたとき、私がその子のために縫った産着《うぶぎ》は、家紋のところだけ切り抜いて着せつけたのだそうよ。素性がわかるようなものを着せかけたことを後から叱られて、切り裂かれた家紋だけが私の手元に返された。残酷なことをするものね。切り裂かれた産着にくるまれて、その子の父がくれたお守りを忍ばせて、私の姫は信濃の山奥に捨てられた」

そのふたつの証《あかし》――それを持っているのは、私の子。

宵の上家に庇護《ひご》される姫なのだ。

蛍火の言葉を信濃の君はぼんやりと聞いている。

ツガルの香に酔ってしまったのか、じょじょに視線が虚《うつ》ろになっている。微睡《まどろ》んででもいるように、唇が薄く開かれる。

蕾《つぼみ》が開花していくように、ゆっくりと。

赤い唇の隙間から桃色の舌が覗く。

――私にはちっとも似ていないのに、きっと美しく花咲くであろうあなたを育てれば、私のこの乾いた心は潤うのかしら？

「本物の姫の身代わりに、あなたのことを我が子と思って、私の知っていることを教えてあげてもいいかしら？」

本物の姫には教えられないようなことしか、私には教えられそうにないの。

だから、自分が教わった方法で、教わったことのすべてを、あなたに――。

「あなたには私の姫の、姉となって欲しいの」

「姉……に？」

「私の姫を私が育てることはかなわずとも、誰かにあれの行き先を指し示してもらいたい……。そう思うのは親心なのか、それともただの私の我《わ》が儘《まま》なのか……わからないわね。自分が我が子をはたして愛せるかどうかも正直定かではないのに、こういうことだけは思いついてしまうの。女の行き先を決めて差配する男たちと同じように」

言わなくてもいいことを言ってしまうのは、ツガルの甘い香りのせいだけではない。

常ならばこんなぬるいことはしないのに——どうしたことか我が子にまつわることだけは、自分はとても浅慮になる。

蛍火は、そう思いながら、信濃の君にふたつのものを手渡した。

「あなたには、私が海辺で若い男にもらった、別な守り袋を渡すから。私が縫った産着の、家紋の布も渡すから。それを私の娘の証となさいな」

どこにやったかを思いだして探してきた、海辺の若い男の守り袋がこれよ、と。

返されたときからずっと捨てられず持っていた、産着から切り抜かれた家紋はこの布よ、と。

「宵上大臣ではなく、この私があなたを守り育ててみたい。だからあなたは我が姫の姉となってあげてくださいな」

古びた守り袋と切り裂かれた産着の一部を手渡すと、信濃の君は言葉もなく、大事そうにそれを抱えている。

その日、甘い淫夢《いんむ》のなかで蛍火は信濃の君を「愛《いと》おしい私の娘」と、抱きしめたのだった。

3

祭りに出かけた翌日に、千古《ちふる》たちは内裏の登花殿《とうかでん》へと戻った。

女官たちを引きつれて、牛車《ぎっしゃ》は長く列を組み、時間をかけての移動となった。

一条《いちじょう》の屋敷でも相応に華やかに過ごしてきたつもりだったが、内裏はまた別らしい。

いそいそと立ち働く皆の頬が、明るく晴れやかだ。

ノイバラの花が花瓶に活《い》けられた部屋で、千古は女官たちに告げる。

「しばらくのあいだあなたたちにはずいぶんと心配をかけたと思うの。なにも言わずに側にいてくれたこと、私を支えてくれたことに感謝しています」

女官たちはうっすらと涙をためて千古の話を聞いていた。

「それでも私はいつまでも悲しんでばかりはいられないことは、わかっていたの。というわけで、今日からまたよろしくお願いするわ」

千古が静かに頭を下げると、女官たちは一斉に「はい」「もちろんです」とうなずいた。

登花殿の部屋に戻った千古が最初にやったのは、陰陽師《おんみょうじ》に頼って日にちを決めることだった。

「女御《にょうご》更衣を集めて管弦の遊びを催そうと思います」

日にちが決まってすぐに女官たちにそう告げる。

管弦は不得手だが、この際、仕方ない。

——普通の正后ならそんなことしなくてもいいけど、私は普通じゃないし。

並の正后なら自分のことだけ考えて、帝《みかど》の子を産む努力だけする。他の女御更衣は蹴落《けお》とせばいい。

でも千古は、後宮の女性たちの動向を把握して、できるものならみんなが帝の後ろ盾になりたいと願ってくれるように、うまく舵取《かじと》りをしなくてはならない。

最低限でもあとひとり、帝の味方になる家と女御を選ばなければ。

そういう道を歩むと決めたのだから。

「宴《うたげ》の場所は常寧殿《じょうねいでん》といたしましょう」

まずは帝に確認をとり、その後は、千古らしく飾り気のない直接的な誘いの文を全員に出した。

宣耀殿《せんようでん》から、高価な紙で普通な筆致の、わりと素っ気ないのが千古に似た文面の、けれど気持ちとしては「いきます。いきます。絶対にいきますから」という意気込みが感じられる返事がきたのは予想通り。

麗景殿《れいけいでん》から、若さと甘さが絶妙な香を焚《た》きしめた上品な紙に、見事な筆致で、巧みな歌つきで「伺います」の返事がきたのも予測のままだ。

が――。

犬の捨丸《すてまる》が聞いたことのない遠吠《とおぼ》えをし、大慌てで女官たちと一緒に格子を開けて庭を見ると、そこには美姫《びき》がひとりで佇《たたず》んでいたのである。

「藤壺《ふじつぼ》の……更衣」

千古のつぶやきに、成子《なりこ》が目を瞬《しばたた》かせた。千古は信濃《しなの》で会っていた。しかし、成子は初見である。わざわざ物見高く見学にいくような質《たち》ではないから、はじめてその姿を直《じか》に見て、困惑のあまり、千古の袖《そで》に軽くすがりついてきた。

「更衣って……あ、あの方が更衣なんですか。姫さま、どうしてそのような方が登花殿の庭先に立っているのですか？」

紫に紅色を重ねた薔薇《ばら》の彩りが、更衣の美貌《びぼう》をさらに輝かせている。更衣が立つそこだけに特別な美しい光が降り注いでいるように感じられ、視線は無理やり彼女のもとに注がれる。

「知らないわ」

小声でささやきあうふたりを見返し、更衣が真顔で堂々と背筋をのばして語りかけてくる。

「返事を書くよりも来たほうが早いので。楽器は不得手ですが、それでも、ぜひともうかがいたいと思います。お誘いに感謝いたします」

「ものすごく既視感のあること言うし、やるわね」

帝以外にそんなことをわざわざ直に言いにくる者がいようとは。

「……既視感？」

「いえ、こちらの話よ。いらしてくださって嬉《うれ》しいけれど、そこはひと目についてしまう。典侍《ないしのすけ》」

声をかけると典侍が沓《くつ》を履いてさっと庭に降り、衵扇《あこめおうぎ》を開いて渡す。特に指示をせずとも渡されたらそれで合点して、顔を隠してみせるから、高貴な女性は人前で顔をさらしてはならないということはちゃんとわかっているのだろう。

——わかっていて、そうしないのって厄介な性格よね。

自分のことを棚に上げた意見だが、素直にそう感じた。これは他家の女御たちとも大臣たちとも折り合いが悪いに違いない。

千古たちは先に昼《ひ》の御座《おまし》へと戻った。

更衣は典侍に案内され、すぐに昼の御座にやって来た。

宰相の君や摂津《せっつ》の君が、どこか気色ばった感じで近くに侍《はべ》る。千古を守ってくれようとしているのだろう。

一応は几帳《きちょう》だけは立てておく。女性が相手だからそこまでしなくてもいいのだが、誰が相手でも、普段の千古の姿は極力、さらしたくない。特にいまは、千古のほうがやつれているので、身代わりになったときの成子と千古の差を察知されると面倒なので。

「お返事だけを聞いてすぐに帰すのもなんだから、登花殿にあがっていってくださらない？　よければお茶を」

取り繕わなくてよさそうな相手だと決めて、他の女御たちに見せるよりは若干、素の口調でそう言った。

「お茶はあまり好きではないのです。そもそもあたし、都の水が口に合わなくて」

几帳の隙間から覗《のぞ》き見ると、更衣はわかりやすく嫌そうな顔をしていた。

真っ正面に断られるとは思っていなかったので、さすがに怯《ひる》んだ。とにかく強い。性格が強い。

宰相の君が顔をしかめた。更衣のことを、無礼な女だと思ったのだろう。

「じゃあ、甘いものを出すわ」

そうしたら、今度はにっこりと笑う。

更衣は喜怒哀楽も好悪もすべて如実に表情として出す。言葉にも出す。

――なんてまあ、まぶしい笑い方をする。

そして――笑顔を見ることで、気づくのだ。

笑わないでいる更衣は、少し怖かったな、と。

人ではないまがまがしいものに見えそうなくらいに美しいから。

若さもまた、彼女の美の彩りだ。夏のはじまりの陽炎《かげろう》のような、むっとする青さが揺らぐ色香に女の身ながら、おかしな感じに胸が沸き立つ。

笑ったり、言葉を発したりすると、言動に幼さが透ける。それが少しだけ彼女に親しみをつけ足す。

「ありがとうございます。でしたら遠慮なくいただきます。甘いものは好きです」

千古たちが更衣を観察するのと同じに、更衣は更衣でこちらを窺《うかが》うように目を細め、聞いてきた。

「正后さま、どこかであたしたち会っていたのでしょうか？」

「あら、どうしてかしら。お会いする機会はなかったと思うけれど……」

「不思議とはじめてお会いした気がしません。さっき庭で声をかけていただいたときに、なんだか聞き覚えのあるお声だなと思って」

実は、別な姿で信濃で会っている。よく覚えているものだと、ひやりとする。

「もしかしたら今生ではない、いずことも知れない場所で、御仏《みほとけ》のご縁があった、そういうことなのかもしれないわね」

「物語のなかでよく見かける台詞《せりふ》ですね。〝はじめて会ったのに、なんだか懐かしい人のように思えます。きっと運命に違いない……〟なんていうことを通ってきて無理強いした殿方が、か弱き姫に言うんですよ」

どんな顔でそれを言うのかをしっかりとたしかめたくなって、隙見の穴を広げてしまう。更衣は千古をまっすぐに見返して「几帳の風穴を使ってこちらを見ているの、わかってるんですよ」と言いたげに、目を細めて笑ってみせた。

――強者《つわもの》。

「あたしはか弱き姫ではなく鬼姫なので、その役割でいうなら、男の役をしてみたい。正后さま、ここは物語の男たちのように」

座ったまますするりと膝《ひざ》を滑らせて几帳へと近づき、千古が覗いている風穴に手をかけ、続けた。

「あなたの手を几帳越しに握りしめてみてもいいですか」

と言ったときには、もう、千古の指を、更衣は握りしめている。振り払えないような力強さではなく、柔らかく、優しく指に触れる。

「いいですかって聞いてる段階で、すでに握っていらっしゃるのに？」

「まあ、あたしは女性で更衣ですから、このくらいはいいんじゃないかしら」

千古が答えるより先に、すぐ隣にいた成子が「よくないですっ」ときっぱりと言い返し、千古と更衣のからめた指に、さらに自身の指を重ね、引きはがしかけた。

「いや、別にいいけど、私」

なんだかおもしろくなってきたし、と、自分に触れる更衣の指や手をしげしげと見る。色白で透けるような肌できめが細かいが、指の節は太めで、指の腹の皮膚は厚めだ。働かないで生きてきた女性の手ではない。

こちらからも握り返して、手のひらにできている胝《たこ》を指でもにゅっと揉《も》む。

更衣の手がびくっと震えた。

それでも引かず、更衣は更衣で逆に千古の手を握り返し、揉みはじめる。

互いに手を揉みあっているというのは——なんだ、これは？

横顔に熱を感じ、ちらりと隣の成子を見ると目をつり上げて頬を膨らませてこちらを凝視していた。怒ってるなあとわかるけれど、几帳の風穴越しに三人の女たちが指をからめあっている図を思うと、愉快になって笑ってしまった。

そうしたら几帳の向こう側でも更衣がくすくすと笑い声をあげた。

——まあ、そうなるな。

「成子、猪油《いのあぶら》を少しだけちょうだい」

祭りで買って成子に渡した、小さな容器に小分けに入れたそれを、成子がいつも持ち歩いているのを知っている。成子は千古が渡したものをなんでもかんでも大事に抱えて過ごしているのだ。

「……わかりました」

恨みがましい目をしたのは、千古の意図がわかっているからだ。手を離して懐から容器を取りだし蓋《ふた》をはずす。千古の、自由なほうの手に、猪油をちょんとつける。

からめた指を軽く引き、更衣の指をきゅっと引きのばす。

「これは肌荒れによく効くの。つけさせてね」

告げると同時に、更衣の指の荒れた部分に猪油を塗りつける。

「え?」

顔は見えないけれど驚いた声をだしたから、目を見張っているかもしれない。してやったりと、溜飲《りゅういん》が下がる。互いにどれだけ相手を驚かせるのかを競っているわけではないのだけれど。

「後宮に部屋をいただいた女性たちは普通ならこんな手はしてない。でも、私もそうなのよ。触ってみてわかったでしょう? 私の手も少し荒れている。薬草が好きで、薬湯作りや、香の調合が趣味なの。変わり者の正后と言われてる」

「そうなんですか」

「ええ。それからあなたのこの、指の付け根のところにある胝。これって武芸の鍛錬をしてできたものよね。長いこと練習をしていると手のひらの一部がこんなふうに固くなる。私にもこれがあるの、触って、わかったでしょう？」

「はい。ありました。なんだか……正后とは思えない不思議な手のひらでした」

「あなたとは仲良くなれる気がするわ」

「……そうなんですか？」

二度目のその言葉は、はじめのそれより、頼りなげに聞こえた気がした。このふた月、彼女は後宮の誰をあてにすることもままならずに過ごしていたのだと教えてくれる、そんな言い方だった。

「少なくとも私はあなたと仲が良くなりたいから、管弦の遊びにお誘いしたのよ」

そう言った途端——言葉が胸の内側につるりと滑り落ちてくる。仲良くなりたいと、そう思ってはいるのだ。

「更衣さまは、他の女御《にょうご》たちとお顔を合わせたことがある？」

「ないわ」

「そう……」

塗布を終えて手を離す。千古が引いたら、更衣も引いた。衣擦《きぬず》れの音がして、几帳の側から後ずさっていったようだ。

そうしているあいだに典侍の淹《い》れたお茶がふるまわれ、用意された唐菓子《とうがし》が器に盛られて運ばれる。米粉をまるめたなかに甘く煮た餡《あん》を入れ、油で揚げた唐菓子は、千古もめったに食べられない珍しいものだ。

「わあ。いただきます」

と更衣は勢いよく唐菓子に囓《かじ》りついている。カリッという小気味いい音の後で「なかにも甘いものが。なにこれ。美味《おい》しい」と、うっとりとした声でつぶやいた。

成子と千古は顔を見合わせ、そっと更衣を隙見した。更衣は唐菓子を両手で持って、木の実をためた栗鼠《りす》みたいに頬を膨らませている。

——かわいい。

成子と千古が同時に同じことを考えたのが伝わった。

色っぽくて美しいのに、ときどきとんでもなく素直でかわいい。だって彼女はまだまだ若い。

「成子」

傍らの成子を小声で呼び、その頬をぷにっと指でつまんだ。

いきなりつままれて成子は目を白黒させ「ふぁい?」と変な声をあげた。

「かわいいものを見てるとき、成子って頬がゆるむ。わかりやすいなあ」

千古だって、頬はゆるむ。

でも、手助けをしてあげたいと思う気持ちと同時に——彼女の存在そのものが千古の胸にちくりと小さな棘《とげ》を刺しているのを感じる。

これもまた見ないふりをやめて、千古が見なければならないことの、ひとつだ。

——あなたを迎えにいった地で、たくさんの人が命を失った。

そう思ってしまう自分の心の醜さが、彼女を見ることであらわになる。

更衣のせいではなかった。もちろん帝《みかど》のせいでもない。遠い信濃での戦闘も、帝を引きずり落とそう、あやつろうとする都の貴族たちの権力争いの結果だった。

そして——。

帝が新しく迎え入れた美しく若い更衣はまぶしくて、少しだけ自分や帝に似たところがあるのが、ひどく嫌だと、彼女を目の当たりにして思ってしまった。

帝と千古はわりとよく気が合うほうで——だからこそ、素《す》っ頓狂《とんきょう》で行動的な変わった女性は、自分以外に、もう要らない。

少なくとも帝の側には、自分だけがいれば充分なのでは？

——そうか。私はいろんなことを考えて、更衣の存在に、嫉妬《しっと》してるのね。

ふぬけていたから采配《さいはい》をふるおうとしなかっただけじゃなく、こういう感情に向き合うことを避けていたのも、あったのか。

更衣は一気に菓子を食べ、空になった器をじっと見つめている。その姿が犬の捨丸を思わせた。あっというまにご飯を食べてしまって「もうなくなっちゃった」とくーんと鳴いているときの捨丸は、かわいそうなくらいにかわいらしくて、いじらしい。

千古は宰相の君に「もう少し、お菓子を持ってきてあげて」と笑って頼む。

「え……」

宰相の君はまだ頬のあたりを引き攣《つ》らせていたが、成子が「そういたしましょう」と両手を軽くぱんと打って笑ったから、苦笑を浮かべて立ち上がった。たぶん宰相の君は脳内で「正后は、優しいから」とか「甘いから」などと思っているのだろう。

皆が思っている正后の半分は成子でできているので、たしかに優しくて甘いのだ。

——とはいえ、私も、こういうところは甘いんだよなあ。

仕方ない。

「ついでに典侍に私のぶんの薬湯を頼んでくれるかしら。〝これが人生というものだ〟を私が望んでいるって言えば伝わるから」

「はい？　これが人生と……いうものだ？」

摂津の君が首を傾《かし》げたが、宰相の君は重ねて聞くことなく「かしこまりました」と下がっていく。

薬湯の再現ができるかどうかは不明だが、あのものすごくまずい薬湯で自分に活を入れてやろうとあらためて思ってしまったのだ。

元気にならなければ正后なんてやってられない。

※

というわけで――藤壺の更衣は、正后を訪ねた後、実に機嫌よく藤壺へと戻ろうとしていた。

片手には、正后から手渡された小さな薬罐《やかん》がある。なかにはいっているのはドクダミのお茶だという。「あなたちょっと疲れてるかも。肌が薄いからかしら、目の下のクマが少し気になる」とのことで、断ったのだけれど「いいから飲んでみて。だまされたと思って」と無理に押しつけられたのだ。袂《たもと》の奥には、紙で包まれた唐菓子の残りが入っている。

こちらは美味しかったので、笑顔で受け取った。

美味しい菓子を食べて、渋い茶を飲んだ。

「お茶……か」

お茶は水を沸かして淹れるもの。

そう思う更衣の胸元の奥には、蓋つきの竹筒に入った水がある。輿入《こしい》れのときに、いざというときのために、信濃の川で汲《く》んだ水を樽《たる》に入れて運んできた。

これは大事な水なのだ。

しかも――道中で宵《よい》の上家《かみけ》の家臣たちに抜き捨てられてもう残りが少ない貴重な水だ。

まさか貴族の家臣がそんなことをするなんて思っていなかった。だから樽ひとつだけでやめたのに。こんなことならもっと水を運ぶべきだった。

「この水を渡そうと思っていたんだけど……渡しそびれてしまったわね。それに正后さまには信濃の水は不要そうだわ。都の水が合っている」

小さな笑いがくすりと零《こぼ》れた。

更衣は、嫁いできてからずっと、ろくでもない悪戯《いたずら》に悩まされている。渡るべき廊下を水浸しにされたり、着る予定で掛けてあった装束に水をかけられたりなどがくり返されていた。

わかりやすい苛《いじ》めだ。

——創意工夫がないのよね。全部が水。せいぜいが汚水。

水でびしょ濡《ぬ》れになった装束をそのまま着ることはできない。いまは夏だからまだしも、冬なら凍える。が、一方、悪戯をする側としては、水をただ引っかけるだけだから、かなり安易な意地悪だ。

いったい誰が自分に益体もない悪戯を仕掛けているのか。

後宮の女御たちひとりずつをたしかめようとして、まず見にいったのが正后であった。ちょうどよく管弦の遊びの招待が届いたから、返事をするついでに、これ幸いと登花殿を訪れた。

苛めに使われているのは、水。

同じ水で、正后さまはお茶を淹れてくださったのだと、そう思った。

「苛めの主犯は、あの人じゃなさそうね」

立ち止まり、独白を漏らす。

「悪戯を仕掛けるにしろ、あんな生ぬるい手を使う人じゃなさそうに見えたし」

まだ若いが、更衣には人を見る目があった。なにせ味方のいない信濃の里で幼いときから頼るものもなくひとりぼっちで生きてきたのだ。相手の真意を見極められなければ、ともに暮らしていけなかった。性根の善《よ》し悪《あ》しくらいは、しばらく話をしていれば判断できる。

「とにかく、この苛めを仕掛けてきている相手を見つけるわ。そのうえで、された以上のことを仕返してやるの。場合によっては……」

あとの言葉は胸中に呑《の》み込む。

生きのびるために都に来たのだと、更衣はそう思っている。

命を賭《と》することを厭《いと》わない。

武家での暮らしはそういうものだったから。

更衣は、考え事をしながら女官も連れずにひとりで廊下を歩いていった。

登花殿から渡っていくのは――弘徽殿《こきでん》。

向こうから女官がひとり歩いてくる。この場合、自分のほうが立場が上だから、立ち止まる必要はないはずだ。ちらりと相手を一瞥《いちべつ》し、更衣はするすると前に進む。

面《おもて》を伏してわずかに横に身体を避《よ》けた女官の手元から、更衣の歩く足もとに、藤色の紙片が落とされた。

投げ捨てられたかのようにも見えたが、落としたようにも思える。

「え？」

声をあげたが、女官はそのままうつむいて弘徽殿の妻戸の向こうへと姿を消した。

よくよく見ると、それは結ばれた文のようである。

拾うべきかどうか、つかの間、逡巡《しゅんじゅん》した。

結局、拾ってみたのは、藤色の紙だったからだ。藤壺の局《つぼね》で過ごす自分に対しての文だと、そうとらえてもおかしくない。

水以外のやり方でなにかをしようとしているのなら、受けて立とうではないかと、そう思った。

薬罐が少し邪魔だったが片手に提げて、結ばれた文をほどく。

書かれた文字を見た途端、胸の奥にある大切なものを、いきなり、内側からどすんと叩《たた》かれたかのような衝動が走っていった。

あまり教養のない更衣だが、それでもこの手蹟《しゅせき》は美しいと思った。

文字というより、絵のような――かすれた箇所ですら、あえてそのように計算されている筆跡だ。

息を呑み、その文を凝視する。

「……やまがつのかきほにさけるやまとなでしこ」

古今和歌集《こきんわかしゅう》の和歌だったろうか。詠み人知らずのこの歌は……。

あな恋し今も見てしか山賤《やまがつ》の垣穂に咲ける大和撫子《やまとなでしこ》――。

――侘《わ》びしい場所に咲く大和撫子の花を愛《いと》おしい人に喩《たと》える恋の歌だったはず。

更衣は文を手に、女官が去った弘徽殿を見据える。

そのまま足を進め、弘徽殿の、開いたままの妻戸に手をかけて、

「お茶を飲みに参りました。面倒なことはさせないわ。飲むための薬湯はもう用意しているの。正后さまが手ずから淹《い》れてくださったものだから、毒味もしなくていいと思うわ。先ほど、すれ違いました女官の方と少しだけお話がしたいのですが」

と、片手に持つ薬罐を掲げた。

そのすぐ後――更衣は昼《ひ》の御座《おまし》で弘徽殿の蛍火《ほたるび》の女御《にょうご》と向き合っていた。

御簾《みす》越し、あるいは几帳《きちょう》を立ててての対応かと思いきや、互いを隔てるものはなにもな

くずいぶんと近くに席が用意されているのが意外だった。

女官と話がしたいと言ったつもりだったが、更衣の立場だと、女主人が出てきてしまうのも仕方がない。更衣としても、後宮の女御たちの人となりを検分したいところだったし、困りはしない。

しかし蛍火はずいぶんと気むずかしい様子である。更衣が自ら「ドクダミのお茶をどうぞ」と薬罐を手にしてにじり寄ると、眉間《みけん》にしわを寄せて「理由がないのならそういうことは女官にさせなさい」と冷たく告げた。

――面倒くさい女。

立ち居振る舞いに気を配り、姫らしく過ごせというような類《たぐい》の美女。

更衣が蛍火に感じたのは、それだ。自分とは相容《あいい》れない相手だ。

「正后が主催される管弦の遊びがあるのだけれど……そういえば、あなた、得意な楽器はなんなのかしら？」

そんなことを聞いてくる女御を好きになれる更衣ではない。

「ないです」

自然と返事もそっけないものになる。

「詩歌《しいか》はお好き？」

「大嫌い」

ひとつ答えるたびに蛍火の微笑が曖昧《あいまい》なものになっていく。もやもやと笑顔の幅が広がったうえで、心が隠されてしまうような、更衣がいままで見たことのない奇妙な表情であった。

無理やり、自分の心をなだらかにするために顔全体で笑っているかのような……。

人を見る目があると自負している更衣だが、蛍火のことはまったく読めない。性根の善し悪しも感情の起伏もわからない。

ただ、妙に、まといつくような目でこちらを見ていると感じた。

「それよりも、あたし、さっきその女官が落とした文を拾ったの。これ、どなたのものなのかしら」

目当ての女官は蛍火のすぐ後ろに控えている。なのに彼女は困った顔で、更衣から目を逸《そ》らす。

「その文にはなにが書いてあったのかしら？」

蛍火が尋ねた。

「和歌よ。恋の歌だったわ。だからあたし宛てじゃないのはわかってる」

「……そう。恋の歌だと、あなたはそう言うの」

蛍火は沈んだ声音でそう告げる。

「どんな歌でもどうでもいいの。ただこの文を落とした人に話を聞きたいだけで。そこのあなたよ！」

更衣が問いつめると、その女官が「私は文など落としてません」と必死な顔で否定する。

「嘘《うそ》よ。あなた、落としていったじゃないの。ここにあるわ」

藤色の文を懐から引きだしたら、指が引っかかって奥に忍ばせておいた竹筒が胸元から顔を覗《のぞ》かせた。

押し込めようとしたら、蛍火の手がすっとのび胸元の竹筒を抜き去る。

「それ、あたしのものなんですけど」

奪い返そうとしたのに、蛍火は身体をそらし、竹筒を更衣から遠ざけた。

「これを誰からもらったの？　札はついてないけれど、この中身《なかみ》はなに？」

視線だけで中身をえぐり取れそうな、怒りの形相である。

――なんなの、この女御は？　人の持ち物にそんな鬼みたいな顔で。

誰からもらったかとか、札だとか。意味がわからない。

「水です」

「蓋《ふた》を開けて、たしかめてみても？」

「だめっ」

即答したのに、蛍火はとりあえず聞いてみただけで、更衣の許可を確認するつもりではなかったらしい。たまにそういう相手がいる。形ばかりで許可を取り、だめだと言っても、やってのける相手が。

蛍火も、そうだった。

信濃の山奥の嫌な大人たちと同じだと更衣は思う。いろいろなことを押しつけて、更衣の気持ちを無視し、決定事項だけを下げ渡す。

――あたしが一番嫌いな大人よ。

蛍火は、更衣の制止を意に介さず竹筒の蓋を開け、中身を手のひらに零す。

「あ………っ！　その中身はっ」

我知らず、更衣の声が跳ねた。

大切に信濃の川から汲《く》んできた水なのだ。

とくとくと音をたてて、水が、蛍火の手のひらに注がれる。竹筒の中身はすぐに空になった。もともとたいしてたくさん入れてはいなかったのだ。

すべてがあっという間で、更衣は、止める術《すべ》もなかった。

いや、止めようと思えばできたけれど――止めなくてもかまわないのかもと、そう思ったから、挑まなかったというのが正しいのかもしれない。

「本当にただの水ね」

その言い方に、どことなく安堵《あんど》の色が滲《にじ》んでいることを不思議に思う。

蛍火は手のひらの窪《くぼ》みに溜《た》まった水を眺め、さっと払う。

飛んできた滴を避け、更衣は後ずさる。

女官に渡された手巾で蛍火が手を拭《ふ》き、竹筒に蓋をして更衣へと差しだす。

「もう、いりません」

更衣は首を横に振り、竹筒を受け取らず、薬罐《やかん》だけを手に立ち上がる。

「中身が大切なの。水が入ってないのなら、それはもういらないわ。捨ててください。あたしはこの藤色の文を書いた人と話したかっただけだから、ここにいないのなら藤壺に帰ります」

持ってきた水のほとんどを、道中で、馬鹿な男たちに捨てられてしまった。

竹筒にあるそれしかもう残っていなかったのだ。

大事な、故郷の水なのに。

「そう」

蛍火は更衣を引き止めなかった。

それに、引き止められたとしても、蛍火と話すことなどなにひとつない。

弘徽殿の女官は、文を落としておいて「落としていない」と、意味のない嘘をついた。

弘徽殿の女御は、更衣が制止したのに聞かず、勝手な振る舞いをして水を無駄にした。

冷徹なまなざしと、気持ちの読み取れない表情と。

――この女があたしを苛《いじ》めている犯人かどうかは、わからない。

でも敵だ。味方じゃない。

だから関わりたくない。知らない。

――嫌な女よ。罰が当たるといいわ。

もう――話したくないと、そう思ったのだ。

4

管弦の遊びの当日は、女官たちが朝から慌ただしく立ち働いていた。

常寧殿《じょうねいでん》にそれぞれの女御更衣が得意な楽器を運び入れ、これぞという贅沢《ぜいたく》な几帳や屏風《びょうぶ》を自分の部屋から持ち運び、しつらえる。

装束選びも手抜かりはない。女官たちは自分の女主人が誰よりも輝くようにと、特別な香を焚《た》きしめた十二単衣《じゅうにひとえ》を選び、着つけて送りだす。

もちろん千古《ちふる》も登花殿《とうかでん》の女官たちによってたかって髪をくしけずられ、美しい装いに、高価な衵扇《あこめおうぎ》を持たされた。

「新たな決戦の場ですから」

とは、摂津《せっつ》の君の言葉である。

「決戦なんてしないのに」

「するつもりでこの装束を着てください。それから、目元をそんなふうにこすらないでください。せっかくのお化粧が剝《は》げてしまいます」

宰相の君が言う。

「ああ、もうっ。髪をぐしゃぐしゃにしないでくださいませっ」

女官たちが楽しそうなので、されるがままになっていた。

「花橘《はなたちばな》にしようか迷ったのですが、麗景殿《れいけいでん》が橘の襲《かさね》を仕立てていると聞きましたので、菖蒲《しょうぶ》重にしましたの。正后ならではの落ち着きを見せたいところですもの。思ったとおりですね。こちらの色のほうが正后さまにお似合いだわ」

女菜種《なたね》と萌黄《もえぎ》の色を重ねた華やかな装束である。

鏡に映し出してみれば――たしかにそこそこに愛らしくなっている。

やつれた頬がぱっと明るく見えるように配慮された色合わせだ。焚きしめられた香りはいつもよりさらに爽《さわ》やかにして甘さを控えたもの。

「ありがとう」

たいしたことのない千古をできるだけ美しく見せてくれようとする女官たちの努力には毎回のことながら、頭が下がる。笑顔でねぎらうと、女官たちも嬉《うれ》しそうに笑った。

成子《なりこ》を残して女官たちが一旦《いったん》、下がった。常寧殿のしつらえの様子を見にいったのである。

「互いに刺したり刺されたりで死なないけれど、これはこれで武器なんだよなあ」

我知らず独白が零《こぼ》れ落《お》ちた。

「またそういう物騒なことをおっしゃるから」

成子は眉《まゆ》を下げて困り顔になっている。

「でも、刃物や弓矢だけが人を殺すものじゃない。人の嫉《ねた》みにそねみ、高い地位を望むためのかけ引きでだって、誰かが死ぬわ。後宮や内裏の人の生き死にはだいたいそういうものだよね。私はあなたたちに支えてもらって後宮を生き延びる。……決戦なんてしないのにって、言っちゃだめな言葉だったわね」

──あなたたちはいつだって、ここで戦を繰り広げているっていうのに、当事者の私がそんな暢気《のんき》なことを言うなんて。

「そうですね」

成子が淡く微笑《ほほえ》んだ。

「私たち女官はみんないつだって必死ですし、決戦の気持ちで千古さまのお側に控えております。いまのお言葉をもらって嬉しく思います。ご自身で気づいて反省してくださる千古さまだからこそ、私たちはがんばれるのです」

「うん。ごめん。ありがとう。国と政治と戦という大きなものを見る傍らに、人ひとりの気持ちと痛みも理解できる正后にならなくてはですね」

「はい。成子もそう願っております。千古さまならばそれができるはず」

「できる……かな？」

「できますよ。成子は千古さまを信じております」

どうしてそんなに胸を張って、優しい表情できっぱりと言い切ってくれるのか。

――期待にこたえたくなっちゃうじゃないの。

千古は成子の頬をぷにっとつまむ。成子が「むぅ」とつぶやいた。愛らしい鳴き声である。その声に笑い、千古は成子の手をとって、自分の頬に押し当てる。

「千古さま？」

「私、もうちょっと太るね。成子のつまみ具合を参考にする」

「……そんなに……そんなに成子は丸いのですかっ」

涙目になったので「ちょうどよく丸いからそのままでいて。すぐに追いつく」と言い返す。

「はい」

成子は千古の頬をゆっくりと撫《な》でてから、手を引いた。

「でもね、成子。私、藤壺の更衣のことが苦手なのよ。彼女のせいじゃないってわかってるのに、彼女を迎えに信濃にいかないでいたら死なずにすんだ人のことを思ってしまう」

唐突にそれを打ち明けたくなったのは相手が成子だからだ。

あまりにも成子がきらきらとした目で千古のことを見返してくるから、自分はそこまで強くもないし、たいしたものじゃないんだよと弱音を吐きだしたくなった。

「更衣から文が届いたじゃない？　古今和歌集《こきんわかしゅう》をよく知らないから貸して欲しいって。歌について教えてって――。和歌が書かれた文をもらったけど、これって恋の歌ですよね、これを渡されたらどうしたらいいんですかって」

「ああ、届いてましたね」

――あな恋し今も見てしか山賤《やまがつ》の垣穂に咲ける大和撫子《やまとなでしこ》。

「古今和歌集は女官に渡してもらったわ。後宮の更衣に主上《しゅじょう》以外に文を渡す男がいるならば、それは問題になるので返歌をしないようにと伝言はしたわ。ただ、それだけであまり親身になって答えようとしなかった気がするの。もちろん私が歌が不得手で人に教えられる身じゃないっていうのもある。でもそれだけじゃなくて……一対一では更衣とは、あまり会いたくないのよ……まだ」

恋の歌とその返歌について語りたくない。

もしかしたらその文を更衣に渡したのは帝《みかど》なのではとちらりと過《よ》ぎったりしたせいだ。

自分で和歌を詠むのではなく、ありものの和歌を筆でしるして渡すあたりが、恋に慣れた貴族の男たちではなく、帝の振るまいなのではと思えたのだ。

——だとしたら、あの歌の意味をどうとらえて、帝は更衣に送ったの？

「理屈だけじゃ片付かない情みたいなものってあるもんなんだね。人の気持ちは理屈だけでは制御できない。私は、自分は、頭と心をうまいこと切り離して生きていけると信じてたのに。ここにきてその自信がぐらついてるよ」

「当たり前ですよ。人なんて、そんなものです」

成子がうなずく。

——私は美しくて若くて自分に似たところのある更衣に嫉妬《しっと》をしているの。彼女の存在を怖がっているの。

そこまで打ち明けたら、成子はどう言うのだろう。同じように「当たり前です」と言ってくれるのか。あるいはあまりにも「女」な悋気《りんき》に、呆《あき》れられるか。それとも、嫉妬をする千古に小躍りして「やっと帝さまにそういうお気持ちを抱かれたのですね」と喜ぶか。

喜びそうかもと、それを口にしようか、どうしようか迷ったところで——。

「心の在処《ありか》は頭にあるという考え方もあるのです。心をとりだして見た者はいまだこの世にはいないのですし」

唐突にそんな声が背後からかけられた。

「……典侍《ないしのすけ》!? いつからいたの!?」

常に足音をさせずに忍び込み人の話をそっと聞いている典侍であった。

「更衣が苦手だというあたりからおりました」

聞かせたくない人に聞かれてしまった。

──死なずにすんだ人の母だから。

典侍のつらさは、千古より深いはずだとわかっているから。

それでも普通に過ごし働いている彼女の前で、どうして泣き言を言えようか……。

しかし典侍は強かった。

「心を頭で制御するかどうかなどはどうでもよろしい。ただし、どこからもなんの文句も出ないようにつとめてください。私はそのようにしております」

「そうね。典侍には誰もなんの文句もないわ」

「そろそろお時間です。女官たちの準備も整いました。ふたりとも常寧殿へ。私はこちらで留守番をしておりますから」

静かに告げる。

千古が箏《そう》を弾くならば、自分は管弦の遊びに絶対に同行しないと言い張ったのだ。

千古の箏が下手すぎて側で聞くと叱責《しっせき》しか出てこないからだと真顔だった。

そして──。

千古と成子が部屋を出た後、典侍はふたりの後ろ姿にそっと頭を下げていた。

懐の千古と帝からもらった小さな仏さまを押さえ、つぶやく。

「法にも常識にも従わず己のなかの正しさをのみ突き詰めて、なにもかもを叩《たた》きのめして生きてきたような千古さまですのに。千古さまのお心を、そんなふうに不均衡に崩すことができたのでしたら、秋長《あきなが》も少しは報われたのでしょうか」

いや、あの子はそれを「報われた」だなんて言わないだろうけれど。

それでも——。

うつむいた典侍の頬に、誰にも見せることのなかった涙が一粒、伝って落ちた。

「次があるなら、好きになった女はとっとと攫《さら》うがいいわ。今生は息子といえど応援などできなかったから……。次があるなら」

前世も来世も信じないから、次なんて来るはずもないのに。

そんなことを思う自分の涙を指先で軽く拭《ぬぐ》い捨て、小さく笑った。

※

千古と女官たちが常寧殿についたときには、星宿《ほしやど》と蛍火《ほたるび》が部屋の席をあたためていた。

帝のための御座《おまし》は衝立《ついたて》障子を背にしてしつらえてあるが、まだ空席だ。

部屋の格子は開けて、御簾《みす》を垂らしている。女たちだけの楽しみだと告げてはいるが、聞きつけた貴族の男たちがどこからともなく廂《ひさし》の外側の濡《ぬ》れ縁《えん》に集まっていた。

千古の先触れを聞いても、女官たちはあれこれと噂話《うわさばなし》を囀《さえず》っていて――どうやら皆は藤壺《ふじつぼ》の更衣を間近で見るのを楽しみにしているようであった。やれ美女らしいとか、武家の鬼姫だとか、嫁入りの荷物が食料と水だったとか、その水も道中で捨てられてしまったらしいなどと、姦《かしま》しい。

女官たちのささやきを尻目《しりめ》に涼しい顔で箏の音をあわせていた星宿が、千古を見て、一礼する。

「少し遅れてしまいましたね。待たせてしまったようで申し訳なかったわ」

千古が告げると星宿がつんと顔を上げ「あなたのことなど待ってなどいませんのに」とそっけなく応じる。

そう言いながらも星宿は千古たちに視線を投げかけて、

「……そこの角《すみ》があいていますわ」

と、自分に近い場所へと千古たちを誘導する。星宿の女官たちが、千古たちのために道をあけて、後ろや横へとすっと移動する。

わざわざあけてくれた空間を無視して移動するわけにもいかなくて、千古は「ありがとうございます」と感謝を述べて、星宿の側に座ることにした。

女官たちが言っていたとおりに麗景殿の星宿は、花橘の装束であった。花の白に果実の黄金色《こがねいろ》、さらに葉の緑。すべての色をいくつも重ねた十二単衣《じゅうにひとえ》を星宿は見事に着こなしている。

角に座ると、ちょうど正面に蛍火がいるのが見えた。

蛍火はというと夏萩《なつはぎ》の青と濃紫《こむらさき》の姿である。色気と幽玄さとがかみ合って、なんとも妙《たえ》なる美を醸しだす。その側に控えているのは見慣れない女官だ。新しく弘徽殿《こきでん》に入った、信濃《しなの》の君と呼ばれている女官だろう。

蛍火が手元に引き寄せているのは琵琶《びわ》だった。

——あれ、痩《や》せた？

前に見たのがいつだったのかが定かではないが、記憶にある蛍火の姿よりやつれて見えた。顎《あご》が尖《とが》って頬が削《そ》げ、それがよけいに蛍火の凄絶《せいぜつ》な色香を増している。

蛍火は身動きするのもつらいようで、軽く身体を傾けるだけで、お腹《なか》のあたりに手を置いて吐息を漏らす。

違和感を覚え、不躾《ぶしつけ》ながらじっと見つめる。

と、蛍火は千古の視線が気になったのか女官に指示をし、千古とのあいだに几帳《きちょう》をいくつも置いた。

「蛍火さまは、女同士ですのにどうして今日に限ってお姿を隠そうとされていらっしゃるの？」

　思わず千古はそう尋ねた。

「ずいぶんとやつれてしまいましたので、恥ずかしいのです。あまり見ないでくださいませ。もうずっと、体調を崩してしまって。じきにまたもとの姿に戻りますが、その変わりようすら、いまはみっともないような気がして……」

「やつれた……それは心配ですわ」

　他はさておき痩せたとか体調を崩してしまったと聞いて、千古が平気でいられるわけがない。

　思わず腰を浮かせたら、後ろに座っている成子が千古の襟をぎゅっと引いた。

「んぐっ。喉《のど》……しまる……成子」

「千古さま、落ち着いてください」

　手を弛《ゆる》めず、小声で言われた。まるで犬の躾《しつけ》だ。ひどいが、ここまでしないと千古は黙って座っていないから、こうなってしまうのも仕方あるまい。自覚はある。

　しかし、どうされようと、千古は千古なのだ。

「蛍火さま、今回は琵琶をお持ちになったのね」

　咄嗟《とっさ》に見たものをきっかけに、そう言った。

「はい」

管弦の遊びとは言ったが、帝以外は女だらけだ。笙《しょう》や笛は女がするものではないため、どうしても箏や和琴を持ち寄ることになる。合奏にしても、弾き比べにしても、単調かつ互いの力量の差がはっきりしてしまう。

「箏ではなく琵琶を弾いてくださるのかしら？　その琵琶を近くで見たいのだけれど、いいかしら」

「たいした琵琶ではございませんが――見たいとおっしゃるなら」

よし、と思う間もなく、蛍火が近くの女官に「これを登花殿の女御さまのもとにお運びして」という声が聞こえた。

違う。そうじゃない。近くに寄って見たいのは、蛍火の姿や肌つやであって、琵琶じゃない。触れたいのは、蛍火の手首で、確認したいのも鼓動の速さや呼吸の様子で――琵琶ではないのだ。

楽器なんて欠片《かけら》も興味がないのに、千古は、女官に渡された蛍火の琵琶を鑑賞することになってしまった……。

「琵琶のことはよくわからないですが……艶《つや》のある良い楽器で……触り心地もいい気がします」

なにか言わなくてはならないので、琵琶を撫《な》でまわして半眼になってそう告げた。

通り一遍、撫でてみてから、女官に返す。女官は琵琶をまた蛍火のもとに戻す。

「箏ばかりだとつまらないような気がして。私、今日の日を素直な気持ちでとても楽しみにしていたのよ。主上が許してくれるのでしたら笙も吹いてみましてよ」

蛍火が言った。

蛍火のことだから腕前の差を見せつけるかのように箏を弾きこなしてこちらを圧倒するのかと思っていたが、あえて別な楽器を選ぶとは。

「許してくださると思います。主上は、女なのに笙を吹くなんておかしいとは言わないでしょうから。私も蛍火さまの笙を聞いてみたいです」

語っているあいだに星宿が箏をつま弾いた。それにあわせて蛍火が琵琶を鳴らす。弦をばちで弾く音色は女ながらに力強いのだが、挑むようなそれではなく、星宿の音を引き立てるように寄り添っている。

――楽しみにしていたという言葉は、案外と、本音なのかも。

音というのは言葉より互いの気持ちを伝えるものだ。

星宿の箏の音色は、最初こそ冷たく引き離す音であった。が、蛍火の琵琶が思いのほか主張しすぎない音だったので、つられるように穏やかなそれへと変わっていく。

――ああ、星宿さまは口に出す言葉とは裏腹に、素直なお人柄だから。

几帳から垣間見《かいまみ》て星宿の表情を窺《うかが》うと、どこか戸惑ったようにしてちらちらと蛍火のほうへと視線をやっている。

星宿が遅れると、その遅れにあわせて琵琶の音が緩む。技巧を凝らした遊びを入れれば、それに合わせて琵琶の弦も音をひと節ほど多く弾いて遊ばせる。

鳴らしている音が心地よくなったあたりで、唐突に、星宿が弦を鳴らす手を止めた。

「どうされました？」

蛍火が問い、

「別に、なにも」

と、星宿がそっぽを向いた。

「私と音を合わせるのが意外と楽しくなってしまって、困ったのかしら。私、相手に合わせるのはどんなものでも得意なの。つられて気持ちよくなって、私相手で素直になるなんて恥ずかしいと思って、やめてしまったのね。星宿さまは口以外は素直なお方だから」

星宿の頬がわずかに上気し、唇を引き結んできっと睨《にら》み返したから——図星だったのだろう。わかりやすい。

「違います。正后さまもなにかお弾きになってはどうかしらと思っただけです」

星宿が言い「そうですわね」と蛍火が同意した。

やっぱりそういうことになるのかと、千古は内心でうなだれた。できれば聞く専門でいたかった。

「それでは弾きますので──覚悟してくださいませね。なにより耳栓のご用意を」

「耳栓？」

星宿がきょとんと聞き返す。腕を振り上げて箏《そう》に向き直る千古を、成子はじめ女官たちが祈る目をして見つめている。なかには素直に耳をふさいでいる者すらいる。全員が千古の演奏がとてつもなく下手なことを知っているのだ。

そのときだ。

かつんかつんと固いものを擦《こす》りあわせる音がゆっくりと近づいてきた。

部屋にいる皆が顔を見合わせ、音のするほうへと視線を向ける。

宣耀殿《せんようでん》の女官が部屋へと入ってくる。女官たちに続いて姿を現したのは、明子《あきこ》だった。

小さな珠《たま》を布にいくつも縫い付けた楝《おうち》の襲《かさね》をずるずると引きずって膝行《いざ》って部屋に入ってくる。

縫い止められた珠が淡い紫の布地のあちこちでちかちかと輝いて、きらびやかではあるのだが──。

「管弦の遊びに音の鳴る布を着てくるなんて、なにを考えているのかわかりかねます。爪と弦が触れあうときのかすかな音でさえ大切に、箏を奏でようとしておりますのに……」

星宿が眉《まゆ》をひそめ、そう言った。

これは星宿の言うことのほうが正しいと千古も思う。

「そうはいいましても、いま水鬼とかいう鬼が内裏に入り込んだと聞いております。この珠は厄除《やくよ》けですの。棟襲も厄除けですわ。この場にいちばんいいのはこの装束だと女官たちが用意してくれました」

明子が弱々しい声でそう言うと、女官たちが一斉に「そうですとも」とうなずいている。

賑《にぎ》やかに囀《さえず》る女官たちに嘆息し、蛍火が琵琶を抱え直してばちで弾く。

激しい音に宣耀殿の女官たちが目を丸くして押し黙る。

「棟は夏の花ではないわ」

蛍火が言った。

棟の花期は春で、秋に鈴なりの実がなる。なのに夏の装束なのは、棟の実が千個もの団子が下がるかのようにたわわになるため「千の団子」の意味でセンダンという別名があるためだ。

同じ呼び名の渡来の栴檀《せんだん》が、夏の花。

そういうわけでいつのまにか栴檀の名にあわせ、棟の色を夏の装束として着るのも、おかしくはないということになったらしい。

棟の襲が厄除けになるというのも栴檀に基づいたもののはず。

明子はここで「そうはいっても栴檀ですもの」とか「秋に千の実がなる縁起ものでしょうから」などと返せばなんとか体面が保たれる。

保たれるのに——ひと言も言い返せず、なにを言われているかすら理解していない様子であった。

星宿やその女官たちも蛍火の言葉の意味がわかっているから「どうしようもない女御《にょうご》だこと」とでもいうように視線をそらし、別なほうを見た。

笑いもされず、見もされないということほど、あからさまな屈辱はない。

明子が唇を噛《か》みしめる。

おそらく宣耀殿の女官たちも、蛍火の揶揄《やゆ》の意図を把握しかねている。

——どうしたってこんなふうにぎすぎすしてしまうのね。

こういう意味よと解説したら場が丸くおさまるかというと、明子に恥を重ねさせるだけだ。困った。

千古は、仕方ないから元気よく箏をかき鳴らすことにした。

力はあるから音は大きい。しかし千古の箏は、我ながらなにかが不気味なのだった。震わせ方が悪いとか叩《たた》きつけ過ぎるとかいろいろとだめな要素はたくさんある。だめを重ねていって絶妙に気持ちが悪い音になったのが、いまの千古の箏である。

調弦はあっている。しかし弾くべき弦と押さえる場所を間違っている。そして、最初はまだしも、弾いているうちにどんどん速くなっていく癖がある。

正直、耳障り競争というものがもしあるのなら絶対に上位に入る自信があった。

——かつては武器とまで言われた私のこの演奏！　鳴り響け!!

弾いてみて、少したってから、千古はどうだとばかりに見回した。

無駄に室内がしんと静まっている。登花殿の女官含めて全員の顔がげんなりとして引きつっていた。

計画通り。

「私の演奏で、いま、この部屋にいる皆の心はひとつになりましたね」

胸を張って言うと、成子が遠い目で「いろんな意味でひとつになったかもしれないですね」と返してきた。

「ついでに廂《ひさし》の間にわらわらと集まっていた男たちも蹴散《けち》らしちゃいましたね。全員ほうほうのていで逃げていきます」

宰相の君が御簾《みす》を少し掲げて廂の間を見て、ぽつりと言った。

さらにこちらも計画通り。

「高貴な男たちは耳と感性が柔らかい。してやったりというところです。女ばかりの遊びの場を、遠くからでも眺めようとする男の目は不要です」

千古としては、やりきった気持ちでいっぱいだ。

「それで、あえて、そんな演奏を!?」

感心したように星宿がつぶやいたのがうっすら聞こえた。

あえてじゃなく実力がこうなのだが、それに関しては、こちら側から修正しなくてもいいかと流す。

と——。

どたばたと走る足音が遠くから聞こえる。

「姫さまっ。姫さま、そのお姿では」

「お着替えくださいませっ」

大声で叫ぶ女たちの声もする。

明子のたてていた物音より、さらに騒々しいその声と足音はまっすぐ常寧殿に向かっている。

ここにやって来るべき「姫さま」は、あとは藤壺の更衣だけ。

案の定——。

「遅れてしまいました」

と、溌剌《はつらつ》とした言い方でつむじ風のように入室したのは更衣であった。

細い布地が、ひらひらと彼女のまわりでたなびいて躍る。

赤の上にさらに赤。そして紫を重ねたような強い赤。

色がくるくると舞い上がり、動いてから、落ちついた。

千古は、はじめはよくわからずに更衣を見つめていたのだが、自分がなにを見せられているのかを理解した瞬間に、ぎょっとする。

更衣が着ているのは、紅を重ねあわせた唐撫子《からなでしこ》の装束である。

本来ならば更衣の良さを引き出し、美しく彩ってくれていただろう。

が、いま彼女が羽織る十二単衣《じゅうにひとえ》は、重ねあわせた表着《うわぎ》も裏着《うらぎ》のなにもかもがぼろぼろに切り裂かれていた。

無残に細かく裂かれた布が、更衣が動くにつれ、ひらひらと長い紐《ひも》になってたなびいていたのだ。

これはもはや装束ではない。

色とりどりの布きれを、いくつも合わせて重ねただけの〝なにか〟だ。

彼女が足を滑らせると、太ももや、脇腹の素肌が布の隙間から覗《のぞ》いて見える。

扇情的な眺めであった。

「用意していた衣装がこのようなことになっていたので、遅くなりました。着替えられるような他の衣装もすべて水でびしょ濡《ぬ》れで、羽織る気になれなかったの。べたべた肌に張りつくのは、不快だもの」

白い肌がところどころから見えるのが艶《なま》めかしく、嗜虐《しぎゃく》の心をそそられるような、そんな妖《あや》しい色気が滲《にじ》んでいる。

「でもこの悪戯《いたずら》はいままでのなかで一番気に入ったわ。だって、これはこれで綺麗《きれい》じゃなくて？　あたしには似合うし、ふさわしい」

　更衣がからりとそう言った。

　後から追いついた藤壺の女官たちがなにを言えばいいのかわからなくなったのか、困惑の表情で口を開けたり、閉じたりしている。

「綺麗……といえばそうなのですが」

　さすがの千古も絶句した。

　綺麗なのは、たしかだったのだ。

　藤壺の更衣は、切り裂かれた装束ですら、着こなせる。

　いや、むしろ切り裂かれた装束は、彼女の危うい美を見事なくらい引き立てている。

「でもその格好は……あまりにも」

　そう言いかけた千古より先に、声が響いた。

「美しいのは認めましょう。ですが、ふさわしくはないわ」

　蛍火である。

　立ち上がり、信濃の君を伴って、更衣へとさっと近づいた。信濃の君に小声で告げて、自身の唐衣《からぎぬ》と表着を、脱いだ。それを手にかけ、素早く、更衣の肩へと羽織らせる。

「これを」

　夏萩《なつはぎ》の緑がかった青が、更衣の赤に重なる。くるむようにしてから更衣の肌を覆い、袖《そで》を通させる。

目に焼きついてくるような更衣の若く白い肌が、夏萩の色で隠された。

蛍火は険しい顔で更衣を睨《にら》みつけていた。

「すぐに主上がいらっしゃる。主上相手であっても、そんなふうにたやすく肌を見せてはならないわ。もちろん他の男たちにも見せてはいけないの。肌や身体だけではなく、顔も、そう」

「顔くらい見せたところで」

「顔こそ、見せてはならないのよ。姿をさらしてここまで走ってくるのは、いけないことよ。いっそ来なければよかったの。使いの者を出して、具合がすぐれないからと伝えればいいだけよ」

ささやくような声なのに、どうしてかちゃんと聞こえてしまうのは、いつになく蛍火の声に強い怒りがこもっているせいだ。

何故《なぜ》——怒っているのだろう。

ここにいるなかで一番、この出来事をおもしろがって笑っていそうなのは蛍火なのに。

「だって来たかったのですもの!! あたし正后さまにお会いしたかったの」

更衣が癇癪《かんしゃく》を起こしたようにそう言った。かけられた表着を脱ぎ捨てようと手を振り上げ、蛍火にそれを止められる。

「それでもあなたは、ここに来るべきではなかったわ」

「なんで……そんなことを」

と、いぶかしげに問いかけた更衣が、はっとしたように目を見開いた。

「結局、いままでの悪戯は、やっぱりあなたがしでかしたことなのね!? あたしを後宮から追い出そうとして廊下を水浸しにしたり、着物を濡らしたり、果てに今日は香を焚《た》きしめておいたこの装束をひと揃い切り裂いて」

「違うわ」

「嘘《うそ》。藤壺から近いのはあなたの部屋よ。それにあなたは……あたしのことが嫌いなんだわ。わかるもの。はじめて会ったときから、あたしを見る目がおかしかった。突然、人の持ち物を取り上げたり、ものすごく怒った顔になったり……」

「あれは……」

「手を離してっ」

「あなたがこれを着たなら、離すわ」

そうやって蛍火と更衣は、互いの鼻先をつきあわせ、睨みながら、それぞれの襟元に手をかける。

――これ、武道の型だ。

襟元を両手で締め付けて引き寄せて、足を払って、蹴倒して、転倒したところで馬乗りに。あるいは、引き寄せてからくるりと身体を返して、背負い投げ。いくつものやり方がとっさに千古の脳裏に浮かぶ。

が、更衣はまだしも蛍火は武芸をたしなんだことはなかったのだ。それでいて精神力と負けん気と相手を離すまいという気迫と指と手首の力だけは強かった。

定型通りに更衣が蛍火の足を払ったら、蛍火は更衣の襟から手を離さずに、相手もろともその場に背中から倒れた。

そこから獣同士の喧嘩《けんか》のように、ふたりがひとつの塊になって、ころころと転がりまわる。

「きゃあーっ」

悲鳴をあげて女官たちが逃げ惑った。

几帳《きちょう》や屏風《びょうぶ》がものすごい音をさせて傾《かし》ぎ、転倒する。障子の紙がどさくさで破れた。箏《そう》や琵琶《びわ》が蹴り飛ばされ、女官たちが慌てて手元に引き寄せ、邪魔にならないすみへと寄せる。

そうしているあいだに、いつのまにか今度は蛍火と更衣の身体の位置は逆転していた。

蛍火は更衣を床に押しつけ、馬乗りになる。

重たい装束のまま、更衣にまたがる蛍火の姿は勇猛かつ扇情的だった。ふとももを露《あら》わにして、がっちりと脚で更衣をはさみ込み、そののど元を両手で押さえつけている。面やつれしていたが、胸は豊かで、下腹が思いの外、ふっくらと丸く、それもまた妙に艶《なま》めかしいのだ。

炯々《けいけい》とした目が更衣を射貫《いぬ》き、

「ごめんなさいね。私、寝てすることは、たいてい得意なの」

勝ち誇ってそう言うが――その顔は青ざめていて、息も荒い。

見るからに具合が悪そうなのに、更衣に挑んで、その上に乗っかって勝ち誇られても……。

という感じにやり合うふたりを見比べ、千古はふと首を傾げた。

――このふたり、似ているわ。

切れ長で妖艶《ようえん》な目元がうりふたつ。

黙ってそこにいるだけで、怖いような、まがまがしいような女の色香が溢《あふ》れだすところもうりふたつ。

背格好や身体つきの女らしさや、肌のきめ細かさなどの細かいところもそっくりだ。

別々に会っていたときには、思わなかった。

更衣はあまりにも素直で荒々しく、蛍火はあまりにも臈長《ろうた》けて洗練されているので。

美女というのは「美しい」という意味合いで、印象が似通うことがたまにあるから、互いに違う場で対峙《たいじ》しているときならば「ちょっと似てるかも」と思い浮かべる程度だったろう。

が――こうやって怒りの形相で取っ組み合っているふたりを並べて見ると、驚くほどに相似が多い。

――姉妹といっても通じるわ。

「成子、私ですら十二単衣で摑《つか》みかかっての喧嘩はしたことないよ。しかも他家の姫さまとなんて」

邪魔にならないように部屋のはしに引っ込んですべてを見守っていた千古は、傍らの成子に小声で言った。

「さようでございますね」

成子も目を丸くし固まっている。

十二単衣は見た目こそ優雅だが重たいのだ。この装束で取っ組み合いの喧嘩なんて、ごめんこうむりたい。命の危険があるときなら仕方ないからするけれど、そうじゃなければ、やりたくない。

だから、千古は、喧嘩をやり遂げた蛍火と紅葉《もみじ》のふたりの姫に内心で賞嘆を贈ってしまう。

「決着はついたみたいよね」

誰もが遠巻きになっているなか、千古はするっと、馬乗りになっている蛍火へと近づいた。

「怪我はしていないかしら。大丈夫ですか？　骨が折れたり捻挫《ねんざ》とか、擦り傷に切り傷」

「そうね。強いていうのなら私の心と立場が怪我をしたわ。心の治療は更衣にしてもらうから、登花殿の女御《にょうご》さまは、気にしないでくださいませ」

「あたしが……？　なんで？」

更衣が慌てた声をあげると蛍火が「負けて、私の下で寝ているからよ」と冷たく言った。そうして更衣の上から身体をどけて、その手を更衣に差しだし、立ち上がらせる。

今度は更衣も手を振り払おうとしなかった。

――獣の上下関係の極め方っていうか。

敗者は勝者に、しぶしぶでも従うしかないという――そういう感じでふたりの力関係は決定されたようである。

しかし妖后《ようごう》とすら名付けられた千古であっても、こんな決着のつけ方はやらないよなと、感心する。自分よりずっと、とんでもないふたりだ。なんでまた、こんなことに？

「藤壺に案内してくださいな。あなたの局《つぼね》の調度品や装束を見せていただくわ」

「だから、どうして」

「あなたが私に負けたから」

言い捨て、蛍火は柔らかい仕草で乱れた更衣の髪を整えてから、更衣にかけた表着をあらためた。仏頂面の更衣は、あきらめたのか、納得したのか、されるがままになっている。蛍火は更衣の手を引いて「とても楽しい管弦でしたわ。此度《こたび》の催し、ありがとうございます」と言い置いて、去っていった。

理不尽なという表情で、更衣は引きずられて部屋を出る。

それぞれの女官たちは、夢から覚めたかのようにはっとして、大慌てで互いの女主人を追いかけたのだった。

その後の管弦の遊びは興醒めなものになった。

そもそも盛り上がれる要素はなにひとつないし、どうしようもない。

おっとりやって来た帝《みかど》に「気分が悪くなりました」と星宿と明子が、退席を願った。帝はというとひきとめるでもなく「それは大変だ。ふたりとも身体を労《いたわ》り、休め」と星宿と明子それぞれの顔をまっすぐに見つめ、ふたりの頬をぽっと赤らめさせていた。

帝としても管弦の遊びなんてやりたくなくて仕方なかったので渡りに船くらいな気持ちなのだろう。実に愛想よく、かつ、相手を真摯《しんし》に労《ねぎら》った言い方だった。

どういうわけか最後に残ったのは登花殿の面々と帝だけ。

なんのためにこの場を設けたのかは、謎でしかなくなってしまった……。

せめてと箏を奏でてみたら、帝はとても正直なので「気持ち悪い音だから、おまえの箏だけは聞き分けができる。そのうえで頼む。おまえは弾くな」などと言う。

「微妙に失礼ね。でも事実だから反論できない」

手を止めて箏を片づけるとあからさまにほっと息を漏らし、

「そういえば、これ」

と紙片を数枚、懐から取りだして千古に寄越《よこ》した。

「なに？」

「水鬼の祟《たた》りがどこで流行《はや》っているのかを知りたいと、前に言っていただろう。役人に申しつけて調べてもらった。すべてを網羅できているわけではないが」

それはまた気が利くことを――と紙を手元に引き寄せて「ありがとう」と眺める。

描かれているのは、地図である。

地名に黒い点をつけ、月と日にちが記載されている。どの地で、何日に祟りの報告を受けたのかということだろう。

部屋に戻ってゆっくりあらためようと畳んで懐にしまい込む。

「ところで弘徽殿と藤壺の更衣も具合が悪くて先に帰ったのか？　おまえの箏の音を聞いたせいか？」

帝が心配そうに聞いてきた。

「ものすごく失礼ね。でも私のせいじゃないわ。藤壺は具合が悪いわけじゃないと思う。むしろものすごく元気。弘徽殿は——はじめは体調が悪そうだったんだけど……でも精力でいろいろなことをやり遂げて打ち勝ったみたいな感じ？　それで、ふたりで藤壺に戻ったのよ」

「すまない。どうやら俺は急に頭が悪くなったのかもしれん。おまえの説明、まったく伝わらん。なにがどうしてどうなって、ふたりで藤壺に帰ったんだ？」

帝が狐《きつね》につままれた顔になっている。

「いろいろあったの」

「いろいろって」

「藤壺の更衣の装束が切り裂かれてびりびりで紐《ひも》をぐるぐる身体にまとわりつかせただけみたいなことになってたの。それで走ってやって来たら、弘徽殿が怒って、更衣に自分の表着《うわぎ》を羽織らせた。そしてそのままお互いにとっくみあいの喧嘩になって、まあ、こういう有様《ありさま》で」

と、破れた障子や屏風などを手で指し示し、続ける。

「弘徽殿が更衣に馬乗りになって勝ったから、負けた者は勝った者に従いなさいみたいに言って、更衣と一緒に藤壺に戻ったの」

「なんでまたそんなことに」

帝は呆気《あっけ》にとられた顔になる。

「それを答えられるなら苦労しないわ」

わからない。

いまさっき目の前で繰り広げられたものの理由を推察するには、もう少し時間と調査が必要だった。

※

蛍火と更衣の取っ組み合いに呆気にとられたのはもちろんその場にいた全員だ。

なかでも一番、呆然《ぼうぜん》としていたのは——実のところ自分なのではと信濃の君はそう感じていた。

美しくて賢くて完璧《かんぺき》な蛍火の女御があんなことをするなんて。

ご自身の身体を大事にしなくてはならない時期だというのに。

そして、その蛍火はというと——いま、信濃の君の目の前で、藤壺に赴いて更衣の部屋の調度品や更衣の装束や小物、焚《た》きしめられた香などすべてに難癖をつけているのだった。

更衣の部屋に連れていけと無茶《むちゃ》を言って、本当についてきてしまったのである。

弘徽殿の他の女官たちはもう戻ってくれていいと下がらせ、蛍火の側についているのは信濃の君だけだ。

「これは趣味が悪いから捨てて」

装束を出してこさせてはひとつひとつ点検し、蛍火が、無理を言う。

「それを捨てられると着るものがなくなってしまうのにっ」

更衣が目をつり上げて言い返す。

「なくなるなら新しく作りなさい。布なら差し上げるわ」

「なんであんたにもらわなきゃならないのよっ」

紙と火のような取り合わせのふたりだと信濃の君は思う。触れることで互いに燃えあがる。目が合うだけで更衣は蛍火に噛《か》みつくし、蛍火もそれにやり返す。

でも――不思議とそれが少し羨《うらや》ましく思えるのは――蛍火がなぜか楽しそうにしているのが伝わってくるからだ。

――なんなのかしら、この感じは。

「あなたのところに良い布がないからよ。それでもこれと、これは、まだましね。こっちのは着てもいい。あなたたち、私がこちらにより分けたものを塗籠《ぬりごめ》に運んで。他は捨てて」

指図されて、更衣の女官たちが「はい」と装束を運んでいく。

「緋袴《ひばかま》の布もいいものだわ。それに仕立ては丁寧なのよね。単に色合わせや文様が野暮なのね。衣装はこのへんにしておくわ。次は、紙を見せて。——この紙は、そこそこにいいわね。墨もいい。硯《すずり》は粗末だけど我慢するわ。そこのあなた墨を摩《す》って」

「さっきから、なんでうちの女官にあんたが命令してんのよっ」

塗籠から女官たちが戻ってくる。

「あなたの女官を、あなたのために働かせてるのよ。本来これはあなたが命じるべきなのに、あなたが私に噛みつくだけでなんの役にも立たないからだわ」

「……っ」

「それから、その言葉遣いはあらためて。ときによってはそういう話し方がいいときもあるけれど、いまはそうじゃない。あなたの局を形づくるのは、主《あるじ》の、あなたなの。女官たちに慕われて、あなたのようになりたいと思う主になりなさい」

それから私のことは「あなた」と言って、と、高飛車につけ足す。

「少なくともあなたが私になにかで勝つまでは、あんたじゃなく、あなたと呼んでもらいたいものよ」

藤壺の女官たちが右往左往しているから、仕方なく信濃の君がさっと座って墨を摩りだす。

言われたことなら、やればいいだけなのに——藤壺の女官たちは気が利かない。

「ああ、信濃の君。あなたにそれをさせるつもりはなかったのよ。それはね、藤壺の女官がするべきことよ。更衣、あなた、自分の女官に命じなさいな。そして女官は、命じられる前に主がなにを求めているか悟って動くものよ。信濃の君みたいにね」

冷たく言われ、更衣の女官が慌てて信濃の君の横に座る。彼女たちに墨と硯を渡すと、顔を赤くして摩りはじめた。怒っているか、恥じらっているのか、両方か。

――でも人前で恥をかかされた相手はものすごくこちらを恨むから、そういうことをするときは「あえて」そうするものだって蛍火さまは私にそう教えてくださったのに。

だったらこの状況は、蛍火にとっては「あえて」なのか。

「……ねぇ、更衣。あなたは私ではなく女官を見なさいな。どんな顔で、どんな様子で、働いているかをきちんと見て。それも主のつとめのひとつよ。気働きもできないし、突然やってきてあなたを罵《ののし》る私に対してなんの抵抗もできないような女官はあなたにはいらないのではなくて？　あなたが不要だと思った女官は捨てなさい」

女官たちが青ざめて、声にならない悲鳴をあげた。

更衣の顔にさっと朱がのぼった。

笑顔で残酷なことを告げて、蛍火はさらに部屋の奥へと進んでいく。

「待ってよ。その奥は塗籠」

止める更衣を「待たないわ。だってあなたは私に負けたのだもの」といなし、蛍火は塗籠の奥へと入ってしまう。

更衣は「ああもうっ」と蛍火に付き従う。

信濃の君もまた、その後ろについていく。

塗籠の奥に入ると、ふいに蛍火が更衣の身体に手をかけた。

蛍火は、びくっと震えた更衣の肩に手を置いた。

「誰かに貶《おとし》められても、なんの対策も助言もできないような女官と一緒に輿入《こしい》れしたのね。味方がひとりもいないのは、つらいことよ」

そして蛍火は、羽織らせた自分の装束をゆっくりと脱がせたのだ。

そのまま唐衣《からぎぬ》と表着をするりとこちらに寄越すから、信濃の君は無言で受け取って抱えると、蛍火へと羽織らせた。

当たり前にそうする蛍火と、当たり前に受け取ってしまう自分。

それに比べて、更衣はどうだ？

――私には、蛍火さまの唐衣や表着を自らの手で着せかけてくれることはないのだわ。

蛍火は唐衣と表着を更衣に貸したから、ここに来るまでの廊下はずっと単衣《ひとえ》と五衣《いつぎぬ》姿なのだった。それこそ恥ずかしい装いなのに、それを厭《いと》わず、更衣の様子だけを気にかけていた。

「慣れているから平気。ずっとそうだったもの」

更衣が投げつけるようにそう言った。

蛍火を見据える更衣の目はぎらぎらしていて、手負いの獣じみていた。隙あらばのど元に嚙みついてやるというような目つきが、けれど彼女をよけいに美しく見せている。

「そう。かわいげのない姫だこと。ここで泣きそうになってくれたなら、かわいい子ねと愛《め》でてあげたのに」

「うるさいわね、あなたはっ」

蛍火が薄く笑った。笑顔の裏になにかを隠し、見定めているようなその笑みは、いつもの蛍火だ。やっと自分の知っている蛍火が戻ってきたように思えて、信濃の君はほっとする。

「あなたはもっと賢く強くならないとだめよ。いまのままでは足を掬《すく》われる」

「うるさいっ」

「本当にあなたは、かわいい気がない子だわ。つくづく憎たらしい子……」

蛍火が更衣に言った。

——かわいい子ねと、蛍火さまは私にはそう言うのよ。

誰に対しても蛍火はそうささやき、微笑《ほほえ》む。

かわいい子ね。かわいい人ね。

甘く笑ってそう告げて、撫《な》でて、抱きしめて、胸元に取り込む。

なのに更衣にだけは「憎たらしい子」と笑っている。

それがとても羨ましいと、信濃の君はそう感じてしまった。

――やっぱり蛍火さまと藤壺の更衣は、似ているわ。

姿形だけではなく、打てば響くやり取りや、ときおり火花みたいに散る勝ち気さも。

まるで、姉妹のようだ。

いや、むしろ――。

――あっ。

小さな声が信濃の君の唇から零《こぼ》れ、思わず、両手で口を覆った。

気づいてはいけないことに、気づいてしまった。

たぶん。そういうことだ。

「それを脱いで、着替えるといいわ。さっきここに運ばせたもののなかから適当に見繕って。手伝いは信濃の君にお願いしてもいいかしら？」

蛍火に問われ「かしこまりました」と信濃の君が返事をする。拒否はできない。自分は蛍火の女官だ。

「あなたと違って信濃の君は相応の衣装を選ぶ目を持っているから、信濃の君の言うとおりのものを着るといい。いろいろと教えてもらいなさい。それから着替えてここを出たら、墨が摩りあがってるはずよ。紙を選んで、帝《みかど》と正后に、今日の無礼を詫《わ》びる文をしたためなさいな」

「今日無礼だったのは全部あなたのせいよ」

「そうね。全部、私のせいよ。……おもしろいものね」

おもしろいものね、という言葉は、誰かに向かっての言葉ではなく聞こえた。自身の内面に向かって思わず零したような、そんな言い方だった。

「おもしろくなんてないわよ」

と食ってかかる更衣を片手で制し、蛍火が信濃の君へと向き直る。

「信濃の君」

「はい」

「あなたに後をまかせて、私は先に弘徽殿に戻るわ。私も私で詫びの文をしたためなくてはならないから。更衣にいろいろと教えてあげて」

「え……ですが、私は……弘徽殿の女官で……」

「私、あなたには期待しているのよ」

やんわりとした笑みで反論を封じられ、そうしたらもう信濃の君はなにも言えなくなる。

蛍火は身を翻し、塗籠の外へと出ていった。

信濃の君は頭を下げて畏《かしこ》まり、蛍火を見送った。

「あなた、よくあんな女の下で働いていられるものね？　無茶苦茶《むちゃくちゃ》じゃないの。なんていうか……そう。無茶苦茶じゃないの!?」

更衣が憤慨したように信濃の君に訴える。

仕方なく信濃の君は床に置いてある装束へと手をのばす。どれを着せればいちばん更衣が美しくなるかを考える。季節に応じて、品が良い色合いと布を手に取って――。

命じられたことをこなしていく。

――私は、女官、なのだわ。

姫ではない。蛍火の娘ではない。

たとえ蛍火に「我が子のように育てたい」と言ってもらったとしても――女官なのだ。

そもそも高貴な女は自分の子を自らの手で育てたりしないではないか。子を育てるのは乳母《めのと》の役目だ。蛍火が自ら乳母のつとめを果たそうとするはずがない。

胸のなかを内側から固い物で叩《たた》きつけられてぐちゃぐちゃにされたような嫌な気持ちになる。痛くて、つらくて、得体が知れない不快なものがこみ上げてくる。

「普段はああいう方ではないですから」

これは嫉妬《しっと》だ。

「普段はもっとひどいっていうこと？　いつ会っても無茶苦茶で目茶苦茶《めちゃくちゃ》じゃないの。正后が奇抜だっていうのは噂《うわさ》で知ってたけど、他の女御《にょうご》もおかしいなんて、あたし、聞いてなかったわよ」

「仕方ないのです。わ……私は蛍火さまの娘なのですから。我慢しなくちゃならないんです」

どうしてそんなことを言ってしまったのか。

「あなたが？　じゃあなんで女官なの？」

更衣が不審そうに眉《まゆ》をひそめた。

「表沙汰《おもてざた》にできない事情があるのです。そもそも子どもをすでに産んでいる女性が後宮に嫁げないから、秘密なんです。それでも私を手元に置きたいから蛍火さまは私を女官として側に置いてくださって……」

「そうなの？　なんでそんなことをあたしに言うの？」

更衣は変わらず、眉をひそめたままだ。

強い光を放つ目に脅《おび》え、さっと目を逸《そ》らす。

嘘《うそ》を言っているのだと、更衣にそう思われている気がした。更衣にだけは見下されたくないと感じた。他の誰が相手でも別にいい。でも藤壺の更衣にだけは負けてはだめだ。

なんとしてでも彼女に「蛍火の娘」だと認めてもらいたい。そうすることでちゃんと本物の娘になれる。

――本物って、なに？

混乱したまま信濃の君は、顔を上げる。

「なんでって……あなたがかわいそうだからだわ。どこにも味方がいなくて女官たちも頼りなくて、蛍火さまはお優しいからあなたに手を差しのべてくださった。でも、蛍火さまはそういうんじゃないから。なんの役にも立たない者のことを、慈しんだりしないお方だから」

「なんだか、よくわからないけど……。あの女に優しくされたことを勘違いするなってい う忠告ってこと？」

「そ、そうよ」

「あんた嘘つきだ。嘘ついてる人間の顔、あたしは知ってる。あたしに落とし文をしたときからずっと嘘ばっかりついて」

見透かすようにしてそう言われ、かっとなる。

あの文は──蛍火が更衣の前に落とせと命じたからそうしたのだ。なにが書かれていたのかを信濃の君は知らない。

「証拠だったらあるわよ。私の手元には手縫いの産着《うぶぎ》がありますもの。産んですぐの赤子のときに、私は蛍火さまの家の人に捨てられたのです。家紋が入っている産着の、紋のところだけを切り取られた産着を着せられて、素性がばれぬようにして私は捨てられていたのです。その産着の紋を私は持っています。証《あかし》として」

更衣がいぶかしげに首を傾《かし》げる。納得させたくて言葉を重ねる。もう後戻りはできない。

「それからお守りも持っています。蛍火さまがとある男の人にもらった大事なお守りです。赤子の私はそのお守りと共に捨てられたのです」

大切なものだから、いつも胸元にそのふたつを忍ばせている。おろおろと怯《ひる》んでしまったときに、胸元を押さえるとそこから勇気が湧いてくる気がして。

「ふぅん。お守りっていうの、見せてくれる？　あなたってずっと、なにかあると胸元を押さえる癖があるわよね。だったらそのお守りってそこにいつも持ち歩いてるんじゃないの？」

片手をずいっと突きだした。頼めば絶対に断られないと決めてかかっている言い方だった。

胸元から守り袋を取りだすと、すっと手がのびてきて奪い取る。

「あ」

声をあげたが、更衣の動きは素早い。守り袋の紐《ひも》を解《ほど》いてなかに入っているものを指で引きずりだし、透かすようにして掲げて見た。

なかに入っているのはありがたいお札。

そして、小さな、古びた紙だ。

「この字……」

紙に書かれているのは蛍火の文字だと聞いている。渡された守り袋に、後から自分で入れたものらしい。

「字は、蛍火さまのものよ」

「そうなの？」

「万葉集《まんようしゅう》のなかにある和歌よ」

しらかねもくがねもたまもなにせむに――。

上の句だけがしるされている。どうして上の句だけなのかを、そういえば信濃の君は、蛍火に聞いたことはないのだった。

「……まされるたからこにしかめやも」

更衣がつぶやいた。

「あなたでもこの和歌は知っているのね」

頭の回転は速いけれど、教養とされることはなにも知らないのかと思っていたのに。

「武家だからって馬鹿にしないで。有名な歌なら知ってる。それにこの歌だけは……」

更衣の顔から表情がすうっと剝《は》がれて落ちる。なにも映さない透明な目になって、守り袋の中身《なかみ》ごと、信濃の君に放って寄越《よこ》す。

その表情が、思っていた以上に蛍火にうりふたつで、信濃の君は大声で叫びだしたくなった。胸の内側にふつふつと滾《たぎ》る想いがある。

――何者でもない私は蛍火さまに見いだされて、やっと「美しいなにか」になれると夢を見たのに。

目の前にいる女は生まれついてすべてを持っている。

「嘘じゃないとして、あんたそれをあたしに言って、どうなるの？　あたしはあの女の弱みを握って利用するかもしれないけど？」

「あなたはそんなこと、しないわ」

「なんでそんなこと断言できるの」

「だって」

それ以上の言葉を口に出すのは嫌だ。

――だってあなたは蛍火さまの本物の子どもなのでしょう？

飲み込んだ言葉が胸につかえる。唇を引き結び、きつく見返す。

――だったら、母を憎むことなんてできやしないじゃない。しないに決まってる。

信濃の君は守り袋に中身を入れる。丁寧に紐を結んで胸元に忍ばせる。

「着替えてくださらない？　蛍火さまに頼まれたのだから私はあなたを着替えさせて、文を書いてもらわないといけないの。いつまでもだらだらと話している暇はない」

「あんたが勝手に話し込んだんじゃないのっ。なによ、それ」

文句を言う更衣を睨《にら》みつけ、信濃の君は、命じられたことをひとつずつ片づけていくことにした。

※

信濃の君を更衣のもとに置き去りにして、蛍火は弘徽殿に戻った。

先に帰した女官たちは、静かに蛍火を待っていた。女官たちは蛍火がなにを言わずとも気を利かし、塗籠《ぬりごめ》の奥に座る場を整え酒を用意し、前に置く。

「酒はやめておくわ」

気怠《けだる》さに脇息《きょうそく》にもたれかかり、酒器を下げさせた。

「そのほうがよろしいですわね。どうぞ御身お慎みください」

と女官がしたり顔になる。

今月——あるはずだった蛍火の月のものが途絶えている。

食欲を失い、痩《や》せてきた。

そして、下腹が膨れはじめた。

——ご懐妊。

そのように弘徽殿の女官と大臣《おとど》たちが浮き立っている。

「困ったことに、私、なんだかとても気が昂《たか》ぶって、些細《ささい》なことで気持ちが揺らぐの」

「腹に子が宿ると、そうなるものと聞いております。感情の起伏が制御できずに困るものだとか。それゆえの今日のおふるまいと――今日の出来事は、そのような話として伝わっていくことと存じます」

「そうね」

そうやって自分たちで噂を作ってくれる女官たちだ。いいように、してくれる。

自分が女官に恵まれているとは思わない。そのように女官たちを躾《しつ》けただけだ。意に染まない振る舞いをする者や、気の利かない者、頭の回転の遅い者は振り捨てて、選《よ》りすぐりの女たちだけを置いた。

ずっとそのように生きてきた。聡《さと》い者を近くに侍《はべ》らせ、手を抜かず、ひとつ動いた後の流れを読み続け――。

そんな自分なのに、衝動のままに、動いてしまうこともあるのか。

女官が去ると、蛍火は目を閉じてつぶやく。

「……おもしろいものね」

――まさか自然と立ち上がって唐衣《からぎぬ》を羽織らせてしまうなんて、思いもよらないことをしてしまったわ。

その前の、竹筒を見つけてしまったときもそうだ。

自分に渡したのと同じ竹筒を、宵上大臣《しょうじょうのおとど》が更衣に渡したのではと思った瞬間に、更衣の懐から奪い取っていた。

――更衣の持つ筒の中身は、ただの水だった。

下腹を我知らず撫《な》で、嘆息する。身体が重い。具合も悪い。

なのにあんなふうに摑《つか》みかかって喧嘩《けんか》ができた。どうしてだろう。

「あれを手元にと望んだのは、間違いかもしれない」

たとえ我が子であっても、自分ならば、いざというときには手駒のひとつとしてあしらうことができるものだと思い込んでいた。自分を育《はぐく》んだ祖父の大臣がそういう男だったから。

――でも私は違うようね。

不幸になるのを見過ごせない。男の出世の道具になんてさせたくない。

「信濃の君を弘徽殿に入れたことも、間違いだったのかもしれない」

彼女を身代わりに育てたいというのは、本気の言葉だ。教えられることをすべて教え、本当の我が子が「使えない女」だと見切ったときには、代わりに信濃の君こそが本物と言い張って、別な手はずを整えるつもりでいた。

――彼女の姉として。

「ああ本当に……まだまだこの世はおもしろい。私自身ですら、私を裏切る」

蛍火は己の表着《うわぎ》の前をそっと握りしめる。

羽織らせた彼女の体温と匂いがまだ残っているような気がして、手にしたそれに頬ずりをした。

そうして――。

この翌日には、弘徽殿の女御懐妊《にょうご》の報《しら》せが、後宮内を駆け巡る。

蛍火はひどい悪阻《つわり》により床につき、会うことがかなうのは宵上大臣と帝《みかど》のみとなった。力のある僧都《そうず》たちによりあちこちの寺社で弘徽殿の安産を願う祈禱《きとう》が行われ、陰陽師《おんみょうじ》たちも禹歩《うほ》を踏んだ。

さらにまた藤壺の更衣も病に臥《ふ》し、里下がりの許可を帝に申し入れた。

後宮の女御たちは、混沌《こんとん》を抱えたまま緊迫した平常を、過ごしはじめたのである。

5

登花殿《とうかでん》の昼《ひ》の御座《おまし》――千古《ちふる》は水鬼の祟《たた》りの記録を捲《めく》りながら、熟考している。ときどき髪を掻《か》きむしって、腕組みをする。

その千古の横で、頬を膨らませ、拳《こぶし》を握りしめてぶんぶんと振り回し目をつり上げているのは成子《なりこ》掌侍《ないしのじょう》だった。

「主上《しゅじょう》のことがもう信じられませんっ。姫さまだけに真心を捧《ささ》げている、それだけは認めていましたのにっ。まさか弘徽殿《こきでん》の女御となんて」

帝が弘徽殿の女御を懐妊させたというのが成子は気に食わないのである。帝と蛍火《ほたるび》が塗籠に閉じこもって過ごしていたことは誰もが知っている。懐妊の場合、間違いなく父は帝だと皆が言う。

――後宮で、父が違ったら、それは大事《おおごと》だから〝父が帝である〟以外はあり得ないけどね。

「帝の他の部分も認めてあげてよ。強いし、政治もけっこうがんばってるし、やるときはやってのける男だよ？」

笑っていなしたら、成子がしゅんとうつむいた。

「知ってます……」

「知ってるんだ」

「悪口の言い方を訂正します。いろいろと認めてますし、ちゃんとした方だとわかってます。だから余計に……信じたくなくて。ただ単に嫌なのです！　弘徽殿の女御とそういうことになっていたら、嫌です!!」

「嫌か」

単に嫌だと言ってのける素直さと強さに内心で舌を巻く。こういう主張ができるのが成子の凄《すご》さだ。千古は「嫌」を言う前に、七面倒くさい理屈をこねて自分の「嫌」を納得させてしまうから。

「藤壺《ふじつぼ》の更衣《こうい》とのことも、嫌ですっ!!」

体調不良による里下がりを申し出た藤壺の更衣も、ここにきて月の穢《けが》れが途絶えていることが取り沙汰《ざた》されている。後宮の女御更衣の最大のつとめといえば東宮をお産みすることとなっているため、月の穢れの有無は女官たちがしっかりと管理し、上に報告しているのだ。

帝の子がお腹にいるのなら大事をとらねばならないから、信濃《しなの》への里下がりなど許されるはずもない。よって、はっきりするまで藤壺に留め置かれている。

「そっちも嫌か。そうか」

「なんで姫さまはそんな他人事《ひとごと》みたいな言い方してるんですか」

「他人だからね」

「また、そういうっ。成子は悔しくて悲しくて遣《や》り切《き》れないです。千古さま、なにも言わずに黙って落ち込んでるから……落ち込ませるようなことを帝がなさるから……」

成子の目からぽろりと涙が零《こぼ》れ落《お》ちる。怒るのか泣くのかどっちかにしたらいいのに、なんとも器用に両方をやってのけている。

少しばかり落ち込んでいるのは、たしかなのだ。

とはいえ――。

「あなたがそうやって怒ったり泣いたりしてくれているから、私は冷静になれるのよ。ありがとう。成子って、他人のために怒って、泣いてばかりだ。主上も前にそう言ってたよね。彼、ちゃんと、人を見ている」

「えっ……」

頬をつまんで、涙を指先で掬《すく》い取《と》る。成子がぐすんと鼻を鳴らした。

「私たちの主上を信じましょう。あの人は、私に、この後宮では誰に対しても子は生《な》さないとそう言ったの」

大臣たちの力を削《そ》いで、帝が、帝としての政治ができるまでは子は生さない。

強い意志でそれを告げた帝の言葉を信じたい。

――愛情とか、単に嫌だとか、嫉妬《しっと》とか、そういうのとは別の「理屈」だけれど、私は帝を信じているわ。

「……姫さまの愛は深いのですね。信じていらっしゃるのですね。成子が浅はかでした。お許しを」

なにを勘違いしたのか成子ががばりとひれ伏し謝罪する。

「愛の深さじゃなく理詰めでそういうことかなって……あー、だけど」

まったく愛がないわけじゃないからなあと、腕を組み直してうつむいた。だからどうしてもちょっとは落ち込む。

考えること、やるべきことはたくさんあるから落ち込んでいる暇なんてないのだというのに。

と——宰相の君が足音をさせて部屋に飛び込んできた。

何事かと視線を向けると、慌てた口ぶりで「星宿《ほしやど》さまがいらっしゃいました」と告げる。

「星宿さまが?」

めったにやって来ない女御が、わざわざ出向いてきてくれたならば無下にはできない。

通してと、宰相の君に返事をすると、すぐに麗景殿《れいけいでん》の星宿姫がやって来た。

珍しく女官も連れずに、ひとりである。

相変わらずとても美しく、華やかで、きらきらしている。手本になりそうな見事なお辞儀をしたまま微動だにしない。「お顔をあげてくださいな」と声をかけると、優美な動作でやっと顔を上げるのだ。

ここのところの星宿は、正后を立てることを忘れない。

「正后さまのご機嫌も麗しく、なによりでございます。少し前まではおやつれになり心配をしておりましたが、いまはお顔色もよろしく……よろしく……よろしいのですわよね？」

なんだか口ごもって、不満そうだ。体調が良いのだから、喜ばしいのではと星宿を怪訝《けげん》に見返す。

「おかげさまで一条《いちじょう》に引き籠《こ》もっていたときより少し身体が丸くなりました。ここのところ菓子を食べ過ぎたのかも」

笑ってそう言と、星宿の顔がぱっとわかりやすく明るくなった。

——なんで？

「それは、もしかして……あの……」

と、千古のお腹のあたりを探る目をして凝視する。弘徽殿、藤壺の更衣の噂《うわさ》を聞きつけて、正后である自分も東宮を腹に宿したかと探りにきたのだろうか。ひょっとして弘徽殿と更衣の懐妊により自分の立場が不安になって、それで千古を訪ねてきたのか。

「あー、懐妊とかそういうのではなくてよ？」

「そ……そうですか」

なぜか落胆の表情を見せた。

どういうことかとしげしげと様子を見つめていたら、なにを思ったのか、星宿はきっと千古を睨《にら》みつける。

「それはとても残念ですわ」

「残念……？」

「だって正后さまがご懐妊されたのなら喜ばしいと思いますもの。この気持ちは、後宮の女御として、正しいことですわ。そもそも後宮の女御更衣は主上のお子を授かるために嫁いできたのです。正后さまこそがまず一番にそのお役目を成し遂げるのが、筋というもの。なのに正后さまは……」

まわりくどいが――千古の立場を慮《おもんぱか》って心配してくれているような……。

「あ、ごめんなさいね。ありがとう」

「なんで謝罪されて感謝されるのか、ちっともわかりませんけれど？　だいたい正后さまは女性としての魅力がいまひとつ欠けていらっしゃる。そこがよくないと思います」

「はい」

「……更衣なんて、その点でいうと見た目だけは綺麗《きれい》ですわ。……後ろ盾が武家筋だから品がなくて粗野で物を見る目もまだないようですが、それでも直《じか》にお会いしたときにまばゆいくらいに美しい女性だということだけは認めざるを得なかったわ。悔しいけれどお顔だけは私に匹敵するくらいに美しい」

「……はい」

誉《ほ》めるところは誉めているあたり、星宿はやっぱり性格がいいのだ。

「でも、あの更衣が子を生すのなら、まだずっと正后さまのほうがましというものよ。国母になるには美しさだけではだめですもの。ああ、誤解しないでくださいね。別にあなたを認めて、私が諦《あきら》めるというわけではございませんの。私だって東宮をお産みするのはやぶさかではないですし、そのつもりでいます。……選ぶのは主上であるから私ががんばってもどうにもならないのだとしても」

しまいの言葉は、うなだれて、自分に言い聞かせるように唇を噛《か》みしめている。

「でも更衣の下になるくらいでしたら、正后さまのほうが、ずっと。……っ!? なんで正后さまは笑っていらっしゃるの？」

これは──笑ってしまうだろう。仕方ない。

「私を応援してくれるっていうことかしら？　嬉《うれ》しいわ」

「そんなことひとことも言ってませんわ。ひとことも言ってないですよね？」

どうしてか成子に確認を取る。成子が真顔で「はい」と応じるものだから、つんと顎《あご》を持ち上げ「ほら」という顔をする。

──なんで星宿さまはこんなにかわいいのかなあ。

「弘徽殿の女御のこともありますわ。蛍火さまは容姿に恵まれて教養も高いけれど、でも腹黒いじゃないですか。正后さまは、だから、してやられてしまうのです。あなたは頭は良いのに腹が白いから」

「それはあなたもだわ。あなたはどこもかしこも純粋で白い」

「わ、私は……」

「星宿さまのおかげで元気になりました。ありがとう。先ほどまでは、ほんのちょっとだけ落ち込んでいたのよ」

星宿が心配そうに千古を見てから「ですから応援なんてしてませんのに」と横を向いた。

そして——星宿は千古に素直さや愛らしさを誉められて、顔を真っ赤にして去っていった。女官たちもこっそり星宿とのやり取りを聞いていたらしく、星宿の後ろ姿を皆が微笑《ほほえ》んで見送った。

昼の御座に残ったのは、千古と成子と典侍《ないしのすけ》の三人である。

「というわけで、元気も出たし、やらなくちゃならないことをやろうかと思うのよ。お願いするわね、成子に典侍」

千古は成子と典侍に頭を下げた。

「よろしくされたくないんですけど……。なんでそうなるんでしょう。元気が出たならそれはなによりなんですが。でもどうして着替えて内裏をうろつかないとならないのです？成子にはよくわかりません」

しかし口調は嫌そうであっても成子の動きは速い。

手慣れた仕草で千古の衣装をするすると脱がせていく。そして小坊主の白衣《しろきぬ》を手渡してくる。

「閉じこもって落ち込んでたところで、なんの解決にもならないからよ。不浄を祓《はら》うには小坊主の姿が妥当でしょう？　行動こそがすべてだわ。いまさっき、成子と星宿さまが身を以《もっ》て教えてくれました。ありがたいことです」

「私はなにもしてません」

「成子は私のために泣いて怒って文句を口にしたわ」

「しましたが」

成子はひたすら困惑している。

「最初に主上、それから弘徽殿、最後に藤壺の更衣に直に聞いていくのが普通よね。でも、今回の場合はそれぞれの性格をあてはめると、最初に内裏で情報を集めて、次に更衣に確認し、さらに帝《みかど》を問いつめて味方につけてから、最後に弘徽殿にいくのが妥当のような気がする。どう思う？　急がないとならないのはたしかよね」

「なにをおっしゃっているのかわかりかねます」

わからないのかと、千古は成子を見返した。

「ちゃんと調べてみないとまだ断言はできない。けれど、たぶん、今回のすべてはつながっている。これはきっと祟《たた》りになってしまうから、私が手を打つしかない気がする」

そう——祟りだ。

長くつながる女たちの呪いと祟りのなれの果て。

「祟りなんて……千古さまはそんなもの信じていないじゃないですか」

成子が口をぽかんと開けた。

「信じてなくても、あるものは、あると認めるわ。いまのままでは後宮に水鬼の祟りがはびこりかねない」

水鬼の祟りって……と成子が首を傾《かし》げている。

「未婚の女たちが鬼の子を宿す祟りのことだそうよ。祭りで聞いたの」

それまで黙って千古と成子のやり取りを見守っていた典侍が口を開いた。

「その祟りでしたら私も噂だけは存じています。地方にはさまざまな呪いや祟り、言い伝えがあるものです。水辺の鬼が、女性の腹に己の子を宿すという祟りのことでございましょう？」

「そう。それ」

さすが典侍だねと賞嘆するが、典侍は眉《まゆ》をひそめただけだった。

驚いたのか、成子の手が止まる。

典侍は淡々と、千古の脱いだ十二単衣《じゅうにひとえ》を受け取って成子へと着せつけていく。

「そんな怖ろしい鬼がいるなんて、聞いたことがない。成子には信じられない話です。その女性というのは、実際のところ……ええと……他の男性となにかがあって隠しているというわけでは」

口ごもりながら問いかけた成子の言葉をひきとるように典侍が続けた。

「子を生《な》すようなことをしていない生娘や、覚えのない女性たちの腹が水鬼の子を宿してしまい、ひと月、ふた月でどんどん腹が膨らんで、そして倒れて、死ぬのです。だから〝水鬼の祟り〟と言われている」

鬼の子を宿し――高熱と共に女たちは寝ついて、儚《はかな》くなるのだとか。

膨らんだ腹のなかから生まれるのは大量の、腐臭のするおぞましい水だけで――ゆえにそれは水鬼の祟りであろうと噂されている。

「待ってください。もし祟りや呪いなのだとしたら、姫さまは呪詛《じゅそ》は門外漢じゃないですか。不用意に近づいても、なにもいいことはないのでは？」

成子が千古をたしなめて、千古は成子を説得する。

「なにもいいことがないのだとしても、私は気づいてしまったの。だから私が動くしかない」

「ですがっ、千古さまに危ないことをして欲しくないのです」

悲鳴のような声をあげながら、成子は典侍によってくるりと身体を反転させられる。着せるものをすべて着せ、締めるべき紐《ひも》はすべて締め、正后姿が整えられる。

着替え終えた成子の髪を典侍がさっと撫《な》でつけ、化粧を直す。

いまの成子は、どこから見ても立派な正后だ。

一方、千古はというと、短い髪と童顔の素顔に白衣姿。想念《そうねん》の名をもらい、内裏ではそこそこ有名になってしまったが、いささか薹《とう》がたったがいまだ本気の修行に入り得ない半端な小坊主である。

「大丈夫よ。とりあえず今日は内裏でしか動かないから、たいした危険はないってば。祟りっていったって、私が祟られるような類《たぐい》のものじゃない。安心して待ってて！　すべてはこの想念におまかせあれ!!」

どんと胸を叩《たた》いて言ってのけたら、典侍がちらりと千古の全身に視線を走らせた。

「ふむ……。千古さまは胸が貧しかろうとも腰のあたりが女性の身体になっておりますので、さすがに小坊主をやるにはそろそろ苦しいご様子ですね」

いきなりの冷静な指摘だった。

「ひどい」

「ひどくはないでしょう。事実を告げて、忠告するのも私のつとめです。――想念はいつまでも小坊主ではいられない。無駄に名前を売りすぎましたからね。さぞかし立派な僧侶《そうりょ》になることだろうと都の人びとが想念に期待を寄せている」

「うん」

「祟りを祓うこと同様に、あなたの素姓や素行がばれてしまうのも危険なことです。危ない橋を渡るくらいなら叩き壊して退路を断って、あらためて船でいくくらいなのがあなたさまらしいですし」

その喩《たと》えは絶妙にわからないが、それでもなにかが伝わった。

自分にはそういうところがある。

「このあたりでじっくりと考えてみてくださいませ。想念は大人の男になれそうもないですよね？」

「……うん」

千古の身体はどう努力しても成人男性に近しいものにはなれないだろう。

「でも頭髪を剃《そ》り上げたら、もしかしたら、それだけで変装はいけるかもって」

髪のあたりを手でくしゃりとさせてつぶやくと、成子が声にならない悲鳴をあげた。

「さすがに成子が泣いてしまいましょうし、経にさほど詳しくもないのに仏門に入るのは罰当たりです。身代わりの留守を成子にまかせるにしても、新たな変装をそろそろ見つけなくてはならない。先のことを見越して動かれますように」

罰当たりと言われてしまっては、想念のままでいくと押し通すこともできないなと思う。

「次はなんの変装をするおつもりですか？」

「まだ、なにも考えてなくて」

典侍が鼻を鳴らした。

「千古さまには進歩がない。きちんと先の道筋をお考えになる時間はここのところたっぷりあったはずですが」

「はい。すみません。考えます。考えながら、いってきます」

いつもの典侍である。

千古は典侍の厳しい指摘にうなだれて、とぼとぼと登花殿からこっそりと抜けだしたのであった。


小坊主姿に変装して内裏を歩く。そこまで目立つことはなかろうと思っていたのだが、想念は、千古が思っていたよりずっと内裏の貴族たちに好かれてしまっていたらしい。

あちこちで声がかかり「久しぶりだな」は、いいとして「てっきり修行が忙しくて顔を見せなくなったと思い込んでた。なんでまだ小坊主なんだ。いつ僧侶になるんだい」と言われて、背中を冷や汗が流れていく。

「まだまだ至らず小坊主のままでお恥ずかしい」

と応じて照れ笑いでごまかすと「想見《そうけん》和尚は厳しい人だからね」と笑われた。

想念という小坊主だと信じて、次から次に新たな相談事を人びとが持ちかけてくる。貴族より、下働きの者たちや女官が多いのは、想念が内裏のなかの弱者たちと仲良く過ごしてきたからだ。

想念以外に頼りになる者がいないのだと、真剣に「他の力のある僧侶へとつないでくれ」と頼み込まれると、のらりくらりと受け流してもいられない。

気づけばかなり本気で何人もの人びとの悩みや相談事を聞いてしまっていた。

噂話《うわさばなし》と、日々のまにまにもたらされた喜びと悲しみの積み重ね。

もちろん一番の話題は弘徽殿の女御《にょうご》と藤壺の更衣の懐妊についてだ。

話の流れで「そういえば」と、笑顔での「想念にもらった安産の守りがよく効いて、うちにも元気な子どもが生まれたんだ」という報告をされた。それはよかったと祝福する。

と――別な誰かが声を低くする。

「弘徽殿と更衣とふたりとも安産だといいけどどね。弘徽殿になにかあったら、呪詛の疑いで誰かがしょっぴかれるんじゃないかね。更衣あたりは危ないね」

それは皆が懸念していることだろう。

「それでいったら今回の懐妊も、藤壺の更衣のほうはさ、水鬼の祟りというやつじゃないのかね」

水鬼の祟りの話はとうとう内裏に入り込んでしまったか、と思う。

「だったら弘徽殿だってさ、その可能性もある。暁《あかつき》の下家《しもけ》の男たちがそう噂していたよ？　塗籠《ぬりごめ》に何回かふたりで閉じこもっていたからってだけで懐妊なんてするもんかねって。あれこそ祟りじゃないかって」

弘徽殿の懐妊も藤壺の更衣も祟りの末かもしれない、暗にそうほのめかしている。

——そうなってしまうと、思ったのよ。

女御更衣の懐妊に対して「帝の御子《みこ》であるはずがない」なんて、後宮でそんなことは絶対に言えない。

が、それが祟りだとしたら？

——水鬼の祟りゆえの受胎だと言えば、帝を誹《そし》ることなく、いまの後宮の警備の手薄を詰《なじ》るでもなく、生まれた子を東宮の座から遠ざけることができるのよ。

その噂を流すのが暁下家《きょうかけ》というのも腹立たしいが納得できる。千古の後ろ盾の家だからこそ、正后の千古に東宮を期待している。他家の女御更衣に出産されると困るのだ。

——産むのは女なのに、男たちは〝母〟と〝その子〟を自分たちの争いのための駒としか見ていない。

「内裏にそのような穢《けが》れが入り込むことはないはずですよ。主上と正后の加護によりこの都は守られております」

数珠《じゅず》を手に巻き付けてもっともらしいことを言うと、話していた男女がそれぞれにばつの悪そうな顔になって「そりゃ、そうか」と散っていった。

次には「梓巫女《あずさみこ》を探しているので、もし知り合いがいたら紹介して欲しい。さすがに陰陽師《おんみょうじ》や僧都《そうず》に梓巫女についていて聞けないが、想念だったらそういう知り合いもいそうだから」と声をかけられた。梓巫女とは、神社に属さず、あちこちを渡り歩く口寄せの巫女だ。ときに遊女となって女を売り、ときに巫女として弓を鳴らして死者を自身におろして口寄せをする。

どうしてと聞くと「こないだの行幸で大事な人が……」と涙ぐんだから、想念も共に涙を流して経を唱えた。別離の間際の言葉を聞きたいと、残された者が願う気持ちはわかりすぎるくらい、わかる。呪術を信用はしていないが、生き残った者の心が安らげるなら、言霊も使いようだと思っている。

そして僧都や陰陽寮の陰陽師たちに頼めるような伝手《つて》があり、財がある者ばかりではないことも、わかっていた。だからその相手の「大事な人」の名を聞いて「知り合いをたどって最期の様子を聞いてみますし、信頼できる梓巫女を見つけたら声をかけますね」と約束した。

——宵下大臣《しょうかのおとど》を追い落とすことに力を注いで、いろんな縁をつないで、情報を流したり、流してもらったりを続けていたからなあ。

いつのまにか想念は、千古の影ではなくなっていた。みんなのなかに想念というひとつの人格ができあがっていたようである。

変装をして出歩く仮の姿が耳目を集めれば集めるだけ、化けの皮が剝《は》がれやすくなる。なるほど、典侍の懸念は正しい。このあたりが「修行の旅にいって参りますので、またいつかご縁がございましたら」などと告げて姿を消す潮時だ。

というものの――。

「ちょうど、よかった。水鬼の祟《たた》りのお札が欲しいの」

と、宣耀殿《せんようでん》の女官に声をかけられれば、想念という仮の姿はうまいところをついていたよなと思ってしまう。呪詛や祟り、そして病気の噂を集めるのには最適で、この姿を脱ぎ捨ててしまうのは実に惜しい。

「さて、水鬼の噂は聞いておりますが、都にはまだいないと聞いています」

と、澄ました顔で応じてから、とりあえず数珠を片手に相手に向かい経文をひとくさり唱えてみた。形は大事。雰囲気も大事。ちゃんと経文も頭に入れているし、そこそこ修行もしてきたから、まったくの嘘《うそ》というわけではない。

――若狭《わかさ》の君と呼ばれていた女官ね。

宣耀殿のなかで明子《あきこ》に重用されているのは物語を巧みに綴《つづ》る式部の君だ。若狭の君は、式部の君ほどには目立ちはしなかったが、宣耀殿のなかでは明子の機嫌をとるのが上手《うま》かった。

「都にもすぐに来るんじゃない？　だって信濃の鬼だと聞いている」

信濃の鬼だからなんだというのかと、目だけで問うたら「だって、ほら」と女官は顎《あご》でとある方角を指し示して「ほらほら、あそこの姫が連れてきたっていう話で」と低い声でささやいた。

示された方角へと顔を向け、考える。

――藤壺。

藤壺の更衣は紅葉《もみじ》姫。

信濃の地から嫁いできた源氏《げんじ》の武家姫で、彼《か》の地では鬼姫と呼ばれていた。

「そのようなことは、ございません。人が、鬼を連れてくるなど、そんなことを口にしてはならぬもの……」

胸がちくりと鋭く痛む。

千古が彼の地で見てきた紅葉姫の暮らしぶりは寂しく切ない弱者のそれだ。彼女は噂されるような鬼の姫ではなかったし、若くて、愛らしい姫なのだ。鄙《ひな》の地でも恵まれた暮らしむきでもなかったというのを、千古はもう知ってしまっているから。

「あら、想念はしばらく顔を見せないうちに、内裏の事情に疎くなったのね」

女官が眉《まゆ》をひそめて小さく笑った。口元に笑みを浮かべながらも、その目にはわずかばかりの落胆を覗《のぞ》かせている。

そもそも、大臣を蹴落《けお》とすために暗躍した想念は、暗い噂も怨念《おんねん》も呪縛《じゅばく》もすべて肯定し聞き入れて、念仏を唱えていた。

──そのようなことはございませんなんて、想念だったら、言わないんだわ。

興味深いお話ですねとうなずいて、もっと知っていることを話してくれと聞き込んで、さらに「そういえばこんな話をどこかで聞いた」と相手の情報に上乗せして……。

「藤壺の更衣が来てから、渡殿がひどく汚れて、濡《ぬ》れるのよ。それでね、水鬼っていうのは水場によく出るというでしょう？　怖いじゃない。もちろん私は生娘というわけじゃないけれど……水鬼は年増《としま》であっても若い女であっても分け隔てなく祟るし、孕《はら》ませるって聞いているわ」

「水辺に出るとは聞いていますが、水を使うだけで……とは聞いてはおりません」

「内裏にだって川があるでしょ」

「ありますね」

「はした女たちだけじゃなく、私たちだって水は使うわ。誰も水から離れて生きていけない。いろんなことに水を使うわけよ」

誰も水から離れて生きてはいけない。それは真理だから、うなずくしかない。

「なるほど自分はしばらく修行に熱心に過ごしていたおかげで、世情にも、人の心にも疎くなったのかもしれません。水は誰だって使うし、女性たちは皆、望まぬ妊娠を恐れるものだ。しかもその相手が鬼で、腹の子も鬼で、末には水鬼を生んで儚《はかな》くなるのだとしたら」

「そうよ。その通りよ。そんな死に方嫌じゃないの。だからお札か、そうじゃなければなにか力のあるものが欲しいのよ。有名な陰陽師や、徳の高い僧都には私なんてつてがないもの。でも想念は、見返りもなく、私たちによくしてくれたから」

前のめりになって女官が言う。本気の嫌悪と、脅《おび》えが、彼女の顔を強《こわ》ばらせている。小坊主想念を覗き込む目は真剣で、妙な熱がこもっていた。

「そういうことでしたら」

と、懐から札を一枚、取りだして渡す。ご利益があるかどうかは正直なところ、わからない。千古が書いた札なので。

「それからこちらもお渡ししましょう。大黄《だいおう》という薬草を煎《せん》じたものです。なにかの足しにはなりましょう。ただしなによりも——悪《あ》しき水の使い方をあらためることが祟りを遠ざける」

若狭の君は「悪しき水」という言葉にはっと息を呑《の》んだ。狼狽《うろた》えるように泳がせた視線に、千古は胸のうちで納得する。

——更衣に水にまつわる苛《いじ》めを仕掛けているのは、宣耀殿の女官たちなのは充分に伝わった。

だからこそ、若狭の君は水鬼の祟りを畏《おそ》れているのだ。水を使って疎ましいことをしている自分は、信濃から祟りを連れてきた更衣に呪われてしまうのかもと、怖《おそ》れている。

主《あるじ》の明子も同様で、だから珠《たま》を縫い付けた装束で管弦の遊びに現れた。

それで必死な形相で想念に札を請うのだ。

「どうぞお気をつけて。ご自身の行動ひとつひとつが怖ろしい祟りを遠ざけもするし、近づけもするものです」

若狭の君の手にお札と薬とを握らせて、目を覗き込んで真摯《しんし》に伝える。

「……わかったわ。ありがとう」

届いたかどうかは、わからない。それに言葉が届いたところで、女官は、主の命令に従わざるを得ないものだから。

——明子さまご自身が変わってくれればいいのだけれど。

我知らず、重たいため息が零《こぼ》れてしまった。

次に千古が出向いたのは藤壺だ。

正后姿の成子と共に、床に臥《ふ》してしまったという更衣の見舞いである。成子は、想念姿の千古と連れ立つことを不安がったが「どうしても」と、千古に押し切られた。

というわけで——小坊主想念は、自らが作った雑穀の薬膳《やくぜん》雑炊を小鍋《こなべ》に持って、正后姿の成子の背後でちんまりと座っている。

正后を追い払えるような機転の利く女官がいないことが幸いした。するすると入り込み、人払いを頼み、千古たちは藤壺の更衣の塗籠のなかで座っている。

「更衣さまは、塗籠で寝ていらっしゃるのね」

成子が閑散とした塗籠の内部をちらりと見て、悲しげにそうつぶやいた。装束がかけられるでもなく傍らに積まれている。女官たちが整理をしてくれないのだろう。奥にあるのは小さな樽《たる》だ。道中で中身を捨てられて空になったという水の樽かもしれない。

これというものがないのに、整えられていないせいで雑然としている。

寝殿の御帳台《みちょうだい》で眠るのではなく、鍵《かぎ》のかけられる塗籠に畳を持ち込んで襟のついた御衣《おんぞ》を頭からかぶってひとりで寝ている様子は、たしかに哀れなものである。

頼りになる者がいないから、自らそうやって閉じこもるしか身を守る術《すべ》がないのだ。

そういうふうにして更衣がずっと過ごしてきたのを千古も知っている。

——成子はひと目で見てとって、すべてを丸く受け止めてしまう。

「ものを召し上がっていらっしゃらないと女官から聞いています。甘いものではないのは許してね。身体が少しでもよくなったら、あなたのお好きな唐菓子《とうがし》を持って見舞いに参ります。水菓子も季節のものならきっと身体にいいはずだから、次は水菓子がいいかもしれないわ」

成子はかいがいしく更衣の身体を支え、柔らかい手つきで起き上がらせる。

「重湯のほうがよかったかしら。でも今日はこれを食べてみてくださいな。さましてきたけれど熱いかもしれない。失礼を」

と言って木匙《きさじ》で掬《すく》った雑炊を自らが息を吹きかけてさまして、一口、食べる。

「大丈夫ね。はい。それでは、どうぞ」

あらためて匙で掬って、息を吹きかけてから差しだした。さりげなく、しっかりと毒味をしてから、手ずから匙を口元に運ばれて——更衣は断る機会を逸して口を開けた。

成子がそっと匙を傾ける。

今回の雑炊は塩加減がうまくいったし、出汁《だし》もいいものを使っている。それでも更衣は美味《おい》しいとも不味《まず》いとも言わず、口のなかの雑炊を呑み込んだ。さらにもうひと匙と口元に運ばれれば、仕方なさそうに口を開けるが食欲は湧いていないようである。

「もしかして食べ物の味がおわかりにならないのでしょうか」

傍らで座していた千古が静かに問うた。

「いえ……、あ、うん。そうね」

更衣にしては力の抜けたぼんやりとした答えであった。

失礼を——と千古は柔らかい布で作った自分専用の手袋をはめ、更衣の前へと膝行《いざ》る。

その顔をあらため、肌つやを見る。まぶたが腫《は》れぼったくて、目は赤く、潤んでいる。

——病気というより、これは泣きはらした目だわ。

目の裏や舌や口のなかを見る。顔を近づけ、その額に自分の額を押しつけて熱を測る。

「熱が出ているわけではなさそうですね。申し訳ありませんがお腹のあたりを触ってもいいですか」

返事は聞かずにさっと手を動かして腹に触れる。びくっと身体を震わせたが、成子が優しく背中を撫《な》でているうちに、静かに呼吸を落ちつけていった。

——大丈夫そう。

もしかしたら本当に病なのかもとそれが心配であったのだが、ひとわたり診てみた結果、そうではなさそうで安堵《あんど》する。

「水鬼の祟《たた》りではなさそうですね。安心しました」

更衣がはっと目を見開いた。千古を見る双眸《そうぼう》がきらりと瞬《まばた》く。黒目が大きくなったのは、千古の言葉に強い感情を呼び覚まされたせいだろう。

——この言葉で強く感情が揺さぶられるということは、祟りがなにかを知っている。

ひょっとしたら、この祟りが、なににによってもたらされているのかも、わかっているのかもしれない。なにせ彼女は「信濃から水を持って」嫁いできたのだ。

「水鬼のことを更衣さまがご存じかどうかはわかりませんが信濃の地で流行《はや》っていた祟り鬼なのだそうですよ。その祟り鬼が、どういうわけか、じわじわと信濃から、都まで、近づいてきているのです」

更衣は無言で千古を見つめている。

「不思議なもので、水の鬼という呼び名を持つのに、水鬼はどうやら道を歩くのです。水鬼に祟られた者たちの報せ《しら》を地図に書きしるしたものを、見せていただいて気づきました。祟りは、信濃から、都まで道沿いを伝って近づいている。そろそろ都にも水鬼が足を踏みいれていてもおかしくはない。さすがに内裏には守護があるので入り込むことはないと思っておりましたが、それでも一抹の不安がありました。更衣さまが水鬼に祟られていないなら、なによりです」

帝《みかど》に渡された地図にしるされた水鬼の祟りの発生は、行幸の帰路の道沿いの村や里だった。地図を手に、千古は、自分たちの道程をあらためた。

千古たちが行き過ぎた後に、水鬼が祟っている。

だとしたらあの行幸が関わらないはずがない。行きには起きなかった。帰りには起きた。そうなると帰りに「水を信濃から運んだ」という藤壺の更衣がすべての鍵《かぎ》を握っている。

「あ……あたしは……」

更衣が身体を震わせる。

成子が、更衣の背中を優しく撫でながら、つぶやいた。

「ねぇ、そういえば」

唐突である。

が、それは事前に打ち合わせたものである。千古が成子に「水鬼にまつわることを語ったら、思いついたようにしてそう言ってくれ」と頼んでいた。

「そういえばね、更衣さま。私、前にいただいた文のお返事でお伝えしそびれていたことがあって、気になっていたの。古今和歌集《こきんわかしゅう》のなかの、ひとつ。あな恋し今も見てしか山《やま》賤《がつ》の――」

あな恋し今も見てしか山賤の垣穂に咲ける大和撫子《やまとなでしこ》
「あれは恋の歌ではあるのだけれど、それだけじゃないの。恋人ではなく、我が子への気持ちを綴《つづ》った歌という解釈もある歌なのよ。撫子の花は、愛《いと》おしい子という意味もあって――かわいい我が子に贈る歌というとらえ方もある」

撫子は――撫でし子。

愛おしく撫でていた我が子。

恋しくて、いまもまた会いたい、山里に暮らす愛おしい我が子へと語りかける歌と、とらえることができるのだ。

「どちらにしてもとてもまっすぐで強い気持ちで語られる、愛の歌には違いないわ」

藤壺の更衣の目に見る間に水の膜が張った。

くみ出された水滴が涙となって、見る間に、はらはらと頬を伝い落ちていく。

成子が慌てた顔をして、けれどなにを言うでもなく無言のまま更衣を抱きしめた。成子にはなんの事情も伝えていないのに、自然にそういうことをする。

「あたし……あたしっ……わざとじゃなかった。でも。あの水っ……蛍火さまがあの水を……」

更衣が成子の胸元にすがり、幼子のようにしゃくり上げて泣きだした。

「あの水は……怖ろしい水なのに。鬼が棲《す》む水なのに……あたしは……」

訴える言葉をせかすでもなく、成子はその背中をとんとんと軽く撫でさすりつづけたのだった。


更衣のことをなだめ、話を聞いて、千古が清涼殿に辿《たど》りついた頃には申《さる》の刻を過ぎていた。

笏《しゃく》を手にし、ゆったりと座る帝が、想念の姿の千古へと対峙《たいじ》する。

ここにいるのは、ふたりきりだ。

帝にしか許されない黄櫨染《こうろぜん》の袍《ほう》が、若いくせにさまになっているのは、いつものことだ。剣呑《けんのん》な光を灯《とも》すまなざしとは裏腹に、どうしてか帝は、まれに枯れた佇《たたず》まいを滲《にじ》ませる。その余裕がいまは千古のかんに障る。

帝はというと、血相を変えて入室した千古に想うところがあったのか、

「最初に言っておく。俺は後宮の女御《にょうご》更衣の誰の褥《しとね》にも入っていない。だから此度《こたび》の懐妊は……」

といきなりそう言った。

思わず千古は苦笑する。

──主上も事態をわかっていないってことね。

全体を見渡して、内裏にいまなにが起きているのかを把握できているのはもしかしたら千古だけなのかもしれない。

「それはね、この際どうでもいいことよ」

途中で言葉を遮ってぴしゃりと言うと、帝が「どうでもいいのか」と、つぶやいた。

いや、よくはないがと思いながら──とりあえずこの問題は、いまは棚に上げておく。

手早くすまさなければならないのは別件なので。

「単刀直入に言うけれど、あなたは、弘徽殿の女御と藤壺の更衣のことで、私に隠していることがあるわよね。というか、私に明らかにしていないだけで、隠しているつもりはな

いのかもしれないわ。あなた、嘘《うそ》をついている気配はないものね」

帝はひどく澄んだ目で千古を見返した。

首を傾《かし》げ、なにについてだろうとこちらに問いかけるようにして無言でいる。

——そうやって無言になって己のなかの心当たりに探りをつけてるってことは、いくつも隠していることがあるっていうことの証明なんだけどね。

返事を待っている時間が惜しい。

だから千古はすぱっと言葉を投げつける。


「藤壺の更衣は弘徽殿の女御の娘なのね？」


目の前で起きた事象を結んでいくと、その結論しか出てこないのだ。

「先に更衣に会って、弘徽殿の女御の筆跡の文を見せてもらっているの。藤色の紙にしたためた文をわざわざ弘徽殿の女官が更衣の目の前に落としていったらしいわ。そのときに更衣はその手蹟《しゅせき》が自分の持っている守り袋の中身の和歌の手蹟と、同じものだと気づいたそうよ」

捨てられた赤子だった更衣の身元を保証する守り袋の中身である。

守り袋には手書きの和歌の上の句だけが入っていたのだそうだ。

——しらかねもくがねもたまもなにせむに。

子を宝になぞらえた和歌である。

「それで更衣は、その手蹟が誰のものなのかを探したんだそうよ。弘徽殿に聞いたときは誰のものかは答えてくれなかったらしいわ」

帝は見事なくらい表情に感情を出さずに黙って千古を凝視している。「さて、それはどういう意味だろう」くらいのことを、さらっと、とぼけて聞き返してきそうだった。

「あなたが信濃にいったのには最低でもふたつの理由があった。鬼の都を探ること。あなたにとって優位になり得る武家筋の姫を娶《めと》るために、先方の家の状況などを直《じか》に見定めること。でもそれだけじゃなかった。あなたは信濃に出向く前から、どの姫を連れ帰るかを決めていたんだわ」

帝の表情は崩れない。清々《すがすが》しいくらいに揺らがずに、ただひたすら顔がいいのが、もはや腹立たしいくらいである。

「おかしいと思うべきだった。いつでも遠回しでこちらに謎をかけてくるような蛍火さまが、信濃から戻ってきたときに私にくれた文の意味を考えるべきだった」

かたじけなし——とだけ、しるされた文。

蛍火にそんなこと言われるようなことを、千古は、なにひとつしていなかった。なのにどうしてそんな文が届いたのかと疑問を抱くべきだった。

けれど都に戻ってきてすぐは、それどころではなくて、悲しみと混乱で精一杯でつきとめようとする余裕なんて、なくて――。

「塗籠《ぬりごめ》でふたりきりで話していたのは、信濃にいる自分の姫を探す算段と、連れ帰ってもらいたいという依頼よね。蛍火さまのことだから〝そこにいる〟ということについては当たりをつけたうえで、あなたに頼んだ。空振りになるような旅を依頼するはずはない女性《ひと》だから」

「……さすがにおまえは鋭いな」

否定しないで、それだけ言った。感心されたところで嬉《うれ》しくもなんともない。

「最初は、私、藤壺の更衣があなたの子かもしれないとそれも疑っていた。あなたがかつて愛した女性に、守り袋を渡したという過去の話を聞いていたから。でもそうじゃないって、秋長《あきなが》が言って」

秋長に問いかけて「違う」と言われた。こんな形でまた秋長のことを思いだして、名前を出すことになるなんてと思う。胸に針を刺されたみたいにちくちくと痛む。

「ただ、更衣がどこかの貴族の流れを汲《く》んでいるのは、信濃の屋敷《やしき》の部屋を探っていて、わかったから――表沙汰《おもてざた》にはできないそういう話でもあるんだろうって、そう思ってた。どちらにしろあなたにとって藤壺の更衣は重要な姫ってことだけは、理解していたの」

理解していたから深く追及しなかった。

「誰かのもとにいると、あなたの地位を脅かすような背景を持つ姫だから、手元に置くことにした。そういう考え方は、わかってるつもり。更衣があなたの子であろうが、弘徽殿の女御の──つまり宵《よい》の上家《かみけ》の縁につながる姫だろうが、どちらでも同じ。私はこの輿入《こしい》れに反対しない」

成子みたいに「ただ、嫌だ」って言える性格だったらもしかしたらといまさらに悔やむが──そんなことはもうどうでもよくて。

「だから腹が立つ。どうして私に、蛍火さまに秘密を打ち明けられて頼まれたから信濃にいったと──言ってくれなかったの？」

「……弘徽殿の女御に打ち明けられた話はあまりにも個人的なことすぎて、たとえ相手がおまえでも、人に伝えていいとは思えなかった。そのうえで秘密にしてくれと願われての取り引きだったから」

そういうことだ。

透明な双眸《そうぼう》で帝はそれを言うのだ。

愚直なほどのまっすぐさと頑固さを、好ましいとそう思う。帝は芯《しん》のところが誠実なのだ。人に伝えていいことと、いけないことを見極める。おそらく誰に対しても、かわした約束を違《たが》えない。

まっすぐで──不器用で──だから好きになったのだと思うのに──。

でも千古は、卑怯《ひきょう》ではないだろう帝《みかど》の、そういう真心に腹を立てている。

「おかげで蛍火さまが危ないわ。もちろんこれはあなたのせいじゃない。すべては偶然が積み重なっていった結果で、誰にも予測できないことよ。それでももう後宮には水鬼の祟《たた》りがはびこっている。私は、水鬼の祟りを祓《はら》わなくてはならないの。だからあなたは、私に協力してちょうだい。ここから先は、のんびりとはしていられない」

「水鬼の祟りを祓う？」

「詳しい説明はあとにする。いま弘徽殿に入れるのはあなたと宵上大臣とあとは僧都《そうず》か陰《おん》陽師《みょうじ》。私を想念として弘徽殿に連れていって」

帝は目を瞬《しばたた》かせた。

「わかった。それではすぐに」

わからないのに、わかったと言うなとつっかかりたかったが、そんな暇《いとま》も惜しいのだ。

帝は獣の勘ゆえに、急《せ》かなくてはならないときに理屈を飛ばして身体を動かす。

「私はあなたの命を受けて弘徽殿に入る。あなたは藤壺の更衣を連れて弘徽殿にいらして」

千古は帝にそう願い、急いで弘徽殿へと向かったのだった。

※

同じ刻の弘徽殿である。

蛍火は大きくせり出した腹を抱え、うつらうつらと眠っている。

手も足も痩《や》せ、頬もこけて、ひたすらにだるい。それでも腹だけは丸く膨れていく自分の身体を、蛍火は、不思議な思いで受け入れている。

かつて子を宿したときはあまりにも若かった。まだ月のものがきちんとはじまらぬ前のことだったから、どんなふうだったかは忘れてしまっていた。具合が悪く、匂いが気になり、食も進まずにいたのだけはうっすらと覚えていたのだけれど。

「ツガルを焚《た》いて」

ひどく具合が悪いから、夢見心地にしてくれる香の助けを借りたくて。

蛍火がいうと「はい」と信濃《しなの》の君が香を焚く。

こういうときに蛍火は、己の獣を自覚する。弱ったときに、側に他者を近づけたくない。隙ができる。なにかあったら止《とど》めを刺される。だから自分だけで引き籠《こ》もりたい。

が――弘徽殿の女御懐妊の報《しら》せが、蛍火をひとりきりにはしてくれないのだ。

世話をしようとまわりにやって来る。腹の子を大事に育《はぐく》めと、したり顔で、説教をする。

もう、いい加減にして欲しい。

——誰の子かもわからぬというのに。

そもそもこれは——人の子か？

我が身を食い破るかもしれぬ得体の知れない〝もの〟の存在を、けれど蛍火は、どこかで愛《いと》おしいとも思っている。

大きく膨らむこの腹は異形。

その異形がもしも赤子だというのなら、今度こそ、我が手で抱きあげられるのだろうか。

「信濃の君」

「はい」

「親子の縁は望んで得るものではなく、勝手に天から結ばれるもの。だから私は、親子の縁は、心許《こころもと》ないもののように感じていたの。自ら望んで結ぶものではないのですもの」

「はい」

「思えば、天や運命という得体の知れないものに定められることから逃れたくて、それで私はあなたと親子の縁を得たいと請うたような気もするわ。少なくとも、あなたとの縁は、私が自分で望んだのですから。あなたをこの手で育てたいと伝えた私の、あの日の気持ちに偽りはない」

「……はい」

「あなたは美しい女よ。私の選んだ娘だわ」

蛍火が信濃の君の頬に手をのばし、その頬を下から上へとなぞりあげた。

「もし、この腹からなにかが生まれたとしたら、これはあなたの妹か弟となる。それをあなたはどう思う？」

「わかりません」

「正直ね。でも、あなたはそれでいい……。もしも私の言葉が呪縛《じゅばく》だと感じられるなら、解いて、ここから逃げてくれてもいいのよ？」

「逃げません。私は──蛍火さまに美しく育てていただきとうございますから。ここに来るまで私はこのような夢のごとき華やかな暮らしを知りませんでした。もう鄙《ひな》の地には戻れません」

「でしたら……もし……私が、これを生んだ先に儚《はかな》くなってしまったら……あなたのことは正后にお頼みしようと思っているの」

「正后に？」

「私、正后のことは認めているのよ……。困ったことに」

蛍火が小さく笑った。

「お認めになろうと、どうであろうと、私に関係がございません。どうか、生きて……蛍火さまの思うように、私を育ててくださいませ」

信濃の君が悲しげにそう応じ、水を含んだ布で蛍火の唇を濡《ぬ》らしてくれた。

6

「ご懐妊の報を受け、主上《しゅじょう》によりお役目をいただきました。想念《そうねん》と申します」

そう言って、千古《ちふる》は弘徽殿《こきでん》へと足を踏み入れる。

手にしているのは薬湯や煎《せん》じた薬の載った盆である。

入るとすぐにまとわりつくように立ちこめている甘い香りが鼻についた。

「この空気は身体に悪い。入れ替えてください」

千古が言うと、信濃《しなの》の君が抗議の声をあげた。

「ですが、蛍火《ほたるび》さまのための香を焚きしめております。入れ替えてしまうとせっかくの香が」

「この香こそが害です。あまり使いすぎると身体を壊します。この後、主上も弘徽殿に見舞いに参ります。弘徽殿の女御《にょうご》さまのみならず、主上にまで害を為《な》すかもしれません。見過ごせません」

ぴしりと告げ、返事は待たずにぱたりぱたりと自ら動いて格子を開けていく。

蒸された甘い空気がむわりと外へと抜けていった。

蝉《せみ》がうるさいほどに鳴いていた。

見上げる空に白い入道雲がねじれた形で湧き立っている。どこまでもぎらぎらとまばゆく光る空が、この後に続く夏の日々の苛烈《かれつ》さを伝える。

振り返り、蛍火の臥《ふ》した御帳台《みちょうだい》へと足を進める。障子や几帳《きちょう》をあちこちに立てたその一角は妙に薄暗くしんとして見えた。

進んでいく千古の足もとに影が落ちる。

一歩ずつ、少しずつ、夏の光の迸《ほとばし》る現実から、夢幻の薄闇に近づいていくようなそんな錯覚を覚えるのは——まだ部屋にわずかに残る、ツガルの香のせいかもしれない。

御衣《おんぞ》を身体にふわりとかけた蛍火の影は、千古の見知った蛍火の形とは違って見えた。

胸からすぐ下がおかしなくらいに大きく膨らんでいる。ついこのあいだ会ったときは、こんな身体ではなかったはずなのに。

内側から破裂しそうに巨大にせり上がった腹とは裏腹に、御衣からつき出た手足はか弱く、細い。触れるだけでぽきりと折れそうなくらいに、細い。これもまたこれで、ついこのあいだまでここまで痩せてはいなかったはずなのだ。

異形の姿が御衣の下であやしく蠢《うごめ》いている。

黒髪が枕から畳へと扇の形に広がり、美しい顔だけが白く浮き上がっている。蛍火の唇は熱で荒れて乾き、割れている。ちろりと舌が覗《のぞ》いて、唇を舐《な》める。閉じたまぶたの皮膚はその下に青い色が透けて見えるほどに、薄い。かすかに震える長い睫《まつげ》が儚げで、漏らす吐息は艶《なま》めかしい。

再び「失礼を」と言ってすぐに蛍火の前に座ってその手を取った。

脈が、速い。速いのはなによりだ。遅いよりずっといい。消えてしまうのは最悪だ。

「主上の席を用意しておいてください。そちらに几帳を立てて、裏側にお席をふたつお願いします。――供を連れて、ふたりで参りますとのことですから。あとは、すぐに、ぬるい湯と手巾《しゅきん》のご用意を。女御さまの汗を拭《ふ》くのに使います」

帝の名前は絶対だ。女官たちが無言でしつらえを用意しはじめる。

信濃の君は蛍火と千古とを見比べて、唇を引き結び、固まって立っている。

ふいに蛍火が目を開けた。

「……信濃の君、言われたことをしてあげて」

「はい。蛍火さまがおっしゃるのでしたら」

うなずいた信濃の君は、千古を睨《にら》んで、去っていく。

「ねぇ、あなた――想念とそうおっしゃった？」

蛍火が、片手を千古に預けたまま小さく笑った。

「はい」

「でもあなたの正体は登花殿《とうかでん》の女御さまよね。わかっているのよ」

ぐったりと枕に頭を載せたままで、ずいぶんと衰弱しているのだろうに――双眸《そうぼう》だけは熱で潤んで濡れ、あやしく黒くひかっているのだ。

千古は応じず、蛍火の額に触れる。

高熱だ。

「身体を診せていただきます。失礼を」

御衣を剝《は》ぎ取って、横たわる蛍火の身体に触れる。

瘴気《しょうき》に似たものがむわりと蛍火の全身から立ちのぼったように感じられた。

胸元がせわしなく動いている。乳房はたわんで柔らかく、しかしその下の膨張した腹部はこちらの手のひらをはね返してくるほどに固い。

信濃の君が盥《たらい》と手巾を運んでくれた。

帝とその供が連れ立って屛風《びょうぶ》の向こうへと姿を隠した。

他の女官たちは人払いを帝に請われたのか、戻ってこない。

「厭《いと》わしいものを見るような目をなさらないで。どうしてか、私はね、この突き出た腹が愛《いと》おしいのよ。苦しくてたまらないのに、ここに子がいるのかもしれないとそう思うと――嬉《うれ》しい……気がする」

腹を細い手でひと撫《な》でし、ほう、と息を漏らす。

「この薬があなたを楽にする手助けをしてくれるはずです。どうぞ飲んでください」

千古は蛍火の言葉を無視し、持ち込んだ薬を手にとって、蛍火の身体《からだ》を抱えて起こす。

やつれた顔でどこか誇らしげに膨らんだ腹を撫でる手が、白い。

――あなたは自分から、いまはもう子どもの生めない身体なのだと明かしてくれたじゃないですか。それに帝《みかど》と褥《しとね》を共になどしていないはずだ。そうでしょう？

口に出してはならない言葉を胸の内側に引っかけたまま、痛ましい気持ちで蛍火を見やる。

蛍火は恍惚《こうこつ》とした様子でゆっくりと己の腹を撫でている。

「どうして子ができたか不思議でしょう？　宵上大臣《しょうじょうのおとど》が……子種を竹筒に入れて私のもとに運んだのよ……」

「子種を竹筒に？」

なにを言っているのかと、聞き返す。

子など、いない。

腹のなかに溜《た》まっているのは悪《あ》しき水だけだ。

そう言えばいいのに、言葉が出てこない。

――だって蛍火さまが幸せそうなお顔をされている。

「そこに、ある。札の貼ってあるあの竹筒よ」

そこにあると言いながら彷徨《さまよ》う視線は、焦点がぶれている。蛍火の差し示す「そこ」には、なにもない。熱に浮かされているのか、それともまだ香に酔っているのか。

「そのなかに帝の子種があるからと、宵上大臣が私のもとに運んだの。東宮を生まねばならないから……と……自分の身体にそれを入れて、子を生《な》せと」

おぞましい話を聞いている。

蛍火の話を理解したのか、傍らに座る信濃の君の顔が強《こわ》ばって、その手がわなわなと震えだす。

——これは呪いだ。

後宮に脈々と伝わる呪詛《じゅそ》であり、祟《たた》りだ。

千古の胸の底にどす黒い澱《おり》に似たものが静かに溜まっていく。

——男たちは女を、子を生すための道具にしようとする。

千古たちは、道具ではないのに。男たちは誰ひとりとしてその腹に子を育《はぐく》むわけでもないのに。命を賭《と》して子を腹で育て、生むのは、女だというのに。

後宮の女たちは皆、男たちの呪いにかかり、とらえられて——この世の道筋からはぐれて彷徨いだす。

「あさましいことを命じると笑いながらも、私は言われたことをしてみましたの。……別にそうしたところで害もないし……おもしろそうでしたから……。私には怖いものなど、なにもないのだし……。そうしたら、悪阻《つわり》がはじまって、腹が膨れて……」

腹の丸みに手のひらをあてる。

空っぽの腹の奥に耳を澄ませるかのように首を傾《かし》げ、目を閉じる。

そこからなにかが聞こえることは——絶対にないはずなのに。

「蛍火さま。その腹にいるのは、子ではない」

千古の喉《のど》から、引き絞られた声が、出た。胸が痛い。

「では、なあに？」

どこかあどけなくも思える言い方で、蛍火が問う。

「呪いです。男たちの呪いで、長くつづいた後宮の祟りです」

愛するわが子を手放さなければならないそんな目に遭った蛍火という母親と、生まれ落ちてすぐに素姓も不明なまま捨てられて生き延びていくしかなかった藤壺《ふじつぼ》の更衣《こうい》という娘の——長きに渡った呪いの結果でもあった。

「蛍火さま。後生ですから、この薬を飲んでください。——黄花蒿《おうかこう》を煎じたものを調合したものです」

いま一度、蛍火に頼んだ。その口元に薬を運ぼうとする。

蛍火が顔をそむけ、薬を拒否し——。

千古さま、どうして――と蛍火が、薄く笑って、そう問うた。

「どうしてあなたは……私が夢を見ることを許してくれないの？」

これが蛍火の夢なのか？

この不気味に膨らんだ腹と細い手足が？

どうして、と逆に千古は蛍火に問い返したいとそう思った。あなたは蛍火の女御なのに。いつだって冷たくて、凶悪で、なにを考えているかさっぱり読めない、千古にとっては好敵手の、喰《く》えない女御じゃないか。

「あなたは――これをご自身の夢だとそうおっしゃるのですか？」

低い声が出た。恨みがましい声だと、自分でもそう感じた。

千古は蛍火を嫌いではなかった。

むしろ蛍火を好ましく感じていた。だって蛍火はどこか自分に似ている。

なのに彼女もそんなことを言うのか。自身を道具とみなされて、それを受け止めて、夢とするのか。

――嫌だ。

ただ、嫌なのだと千古は唇を噛《か》みしめる。そんなことを言わないで。そんなふうに自分の身体を差しださないで。他人の好きに使わせようとはしないで。

この後宮で、あなただけはせめて自分の意思で悪事を働いたのだと、そう言って。

男の道具ではなく自分自身の野望ゆえと、そう言って。

「ああ……夢ではないわね。そう、夢ではない。だけど」

なるほどこれが報いなのかと思って、それはそれで幸福な気もしてしまったの、と蛍火がささやいた。

艶然《えんぜん》とまろやかに微笑《ほほえ》む蛍火は儚《はかな》くて壮絶に美しい。あともう少しやつれたら、醜悪なものに転がり落ちる、その手前の美だ。満開に咲いた花の、花びらが萎《しお》れて、はらりと落ちる間際の崩れ落ちそうな瞬間の艶《つや》だ。

「私には姫がいて」

蛍火は千古の手を押《お》し止《とど》め、薬に口をつけずに語りだす。

──知っているわ。

千古は胸の内だけでそう応じ、続く言葉を待っている。

理性も痛みもとろりと溶けかけたかのような真っ黒な双眸が千古を見返している。


姫がいて──。

ずっと会うことのかなわない姫がいて。

会うまではどんな姫かと思い描いていたのよ。もしかしたら、互いに、ひと目で親子だとわかって娘が「お母さん。会いたかった」と抱きついてきたりするのかしら。

泣かれたりもするのかしら、と。

でもそんな馬鹿なことは起こらなかった。

姫は、私が母だと気づきもしなかった……。

それでも別にいいのよ。私は姫を捨てたのですもの。望んでそうしたわけじゃなくても、結果として私は姫を捨てたのだわ。

それにね──会って、わかった。

私の姫は、私が思っていた姫とは違ったの。

もっと、かわいいかと思っていたのに、ひとつとして愛らしくないの。憎らしくて、気ばかり強くて、和歌のひとつもわからないし、楽器も弾けない。

困ったものだと思ったわよ。使い道のない娘だと。

そう。

私は──自分の、会ったこともない姫を、使おうとしていたのよ。

私に似た姫ならば美しいはずよ。私に似た姫ならすべてのことを相応にこなして、聡《さと》い女のはず。だから……どうにかして姫を帝に近づけて、帝の子を姫に生んでもらおうとしたのだわ。

姫を後宮に迎え入れるのは、口先の取り引きで、どうとでもなる話だった。

母と娘の物語ですもの……情の深い人たちは、いいように私の話を受け取って、親切なことを申しでるでしょうと思っていたし……実際、帝もそうだった。

帝は……情に脆《もろ》いのよ。ねぇ、あなたもそれはご存じね？　もちろん情だけではなく、それなりに利があるから帝も動いたのでしょうけれど。

それで……帝は私の娘を後宮に連れてきてくれた。

あとは……帝の子を……その姫に生ませたら、子だけを私がもらえばよかった……。

そして東宮の後ろ盾になり、力を手に入れようと。

「私も、宵上大臣と同じことをしようとしていた。そうやって育てられてきたから、当たり前のように同じことをして自分が権力を握ろうと、そう思って」

蛍火の頬に歪《ゆが》んだ笑みが浮かんだ。

千古は顔色ひとつ変えず、蛍火の告白を聞いている。

「でもね。違ったのよ」

蛍火がかすれた声で、つぶやいた。

「……違ったの。私は宵上大臣ではなかったのよ。私が大臣から渡された子種の入った竹筒と同じような竹筒を、姫が持っているのを見かけたわ。私ときたら、思わずその竹筒を奪い取ってしまった……。その竹筒にも同じ子種があって、姫をだまして、宵上大臣が差しだしたのかもとそう思って」

なにを考えるのではなく、無意識のうちに。

「私と同じことを姫にはさせたくないと思ったのよ。身体が勝手に動いたわ。……かわいらしくなんてなかったのに。期待していたような子ではなかったのに。なにひとつ知らなくて育ちも悪くて、それでもどこかが私に似ていて――そんな姫が男たちの出世の手段として身体を好きに使われるのが――ただ」

ただ、嫌だと、思ったの。

「あの子の顔が――肌が――身体が――他の男たちにさらされて、いいように言われるのも嫌だと思ったわ。ぼろぼろの装束を着て闊歩《かっぽ》するあの子を守りたいと、やっぱり、自然に身体が動いて自分の唐衣《からぎぬ》を着せかけてしまったわ。娘を、公達《きんだち》の好色の餌食《えじき》にされるのは嫌だった」

自分がしてきたことを、そのまま娘にさせるのが嫌だった。

理屈など放置して、ただ嫌だったのだと蛍火が言う。

「これが母の愛なのだと言われると……少し違うような気もするけれど……」

どことも知れないどこかを見つめ、蛍火がささやく。

「あの子には私とは違う生き方で……幸せになって欲しい……と……願ったわ。だからこの腹は、夢であって、報いなのよ。我が子を捨てたうえで一度は利用しようとした私への報い……そしてもう一度やり直してちゃんと命を育み育てたいという……私の夢」

東宮でなくていいのよ。鬼の子でもいいの。

できるなら……女の子がいいわ。

「信濃の君の妹を……」

蛍火が儚く、笑った。

呼吸が苦しげに、荒くなった。

苦痛から逃れるように手足を震わせ目を閉じる。

と――。

几帳《きちょう》の裏から人影が飛び出てきた。

緋袴《ひばかま》の上に流した細長の鮮やかな青が後ろにはらりとはためく。黄色に青を重ねた袿《うちぎ》に緋袴がまぶしく鮮やかで――千古の目の端で色が躍った。

――藤壺の更衣である。

更衣は泣きはらした目で、蛍火にすがりついた。

「お母さん……っ。ごめんなさい……。あたしが……あたしが悪いの」

帝《みかど》が、千古に求められ、更衣を弘徽殿へと連れてきたのだ。几帳の裏にしつらえた席で、蛍火と千古のやり取りをずっと聞いていた。

更衣にすがられた蛍火の身体がびくりと動く。

閉じたまぶたがうっすらと開いた。

「あたしの竹筒に入っていたのは信濃の水鬼が棲《す》む川のもの。あの水に触れると、祟《たた》りがあるって、年寄りたちから聞いて、知っていたの。知っていたから、持ってきたの。後宮でもし誰かを呪詛《じゅそ》しなければならなくなったときに使おうと」

水鬼の祟り――。

とある川にのみ棲み、その水辺に近づく者たちは誰もが腹が膨れあがり、熱を発し、衰弱して亡くなる。その後には腹からは悪臭のする水だけが零《こぼ》れ落《お》ちる。

「あなたが……あたしのお母さんだったなんて……。それがわかってたら、あの竹筒の水をあなたには……。ううん……そうじゃなくてもあの水は使うべきじゃなかった。こんなふうになるなんて……思っていたのより、ずっと怖い……。刀で斬って殺すとか、殺されるとかよりずっと、ひどい」

祟りがどんなものかを、ちゃんとわかっていなかったの許して、と。

更衣が涙ながらに訴える。

「ごめんなさい……お母さん……」

泣き崩れる更衣を、蛍火はぼんやりと見返している。

「そう。これは水鬼の祟り……なの……。だったら腹の子は」

鬼の子だ。

「でも……いいのよ」

それだけはきっぱりと蛍火が告げる。

「いいの……だって……きちんと己の武器を持って嫁いだのなら、さすが私の子……と
……誉《ほ》めてあげなくては。それで……いい。私は報いを受けたのだから、それでいいの。

泣かないで……？」

力なく笑う蛍火は、いつになく優しげで——面差しの似たふたりが抱きしめあう姿はも
しかしたら美しいものなのかもしれない。

でも、嫌だ。

千古は、そう思って、言い張っていいだろうか。

自分だって、嫌なものは、嫌だ。

輿入《こしい》れをしてから溜《た》まりに溜まってきたすべての不安と不満と怒りが千古の心の器を満
たし、溢《あふ》れだす。

爆発するように口から言葉が迸《ほとばし》る。


「報いで！　子が腹に宿るものか!!」

どいつもこいつも頭がおかしい。心もおかしい。言うことなすことすべてがおかしい。

千古はふたりのあいだに割って入り、蛍火の顔を片手で固定する。臥《ふ》せっていてあらが

う力が弱いから、千古が本気になればどうにでもなる。

「だったら、この薬を飲みなさいよ。私だってもう嫌なの。ただ、嫌なの。だからあなたを救わせてよ。命を奪うのではなく、救うほうがずっと楽しいわ。知ってる？　人なんて弱くて、とにかく弱すぎて、うっかりしたら死んでしまうの。どんなにいい人でも、役に立つ人でも、誰に愛されていようといまいと、なにかの拍子で死ぬのよ」

唇をこじ開けて、煎《せん》じた薬を放り込み、薬湯で押し流す。

吞《の》み込むまで口を摑《つか》んで閉じる。

こくりと喉《のど》が鳴って、薬が嚥下《えんか》されるのを見守る。

襟元を両手で摑み引き寄せ蛍火の目を覗《のぞ》き込むと、双眸《そうぼう》の底がきらりと瞬《また》いた。

――なによ。まだ正気が残っている。

生きていこうとしている。

ツガルになど頼って、つまらない夢を見て、これが報いだとかそんなことを言わせてなるものか。

少なくとも、いまこのとき――蛍火にだけは――!!

「娘にさせるのが嫌なことは、あなただってきっと嫌よ。次代の東宮を生むためだけの器になってそれで良しとなんてしないで、自分のためにそのずる賢さと美貌《びぼう》と身体を使って生き抜きなさいよ。鬼の子を宿すことを夢だと言って儚くなるなんてあなたにそんな姿は似合わない。報いとか夢とか知らないわ。報いは悪行にだけ受けるものじゃない。善行にも戻ってくるのよ。あなただって人でしょう？　だったら生きてきて一度としていいことをしなかったはずはない。どんな悪人でもうっかり一度くらいは善行を積むわ」

人なんてそんなものだ。

生きていくとはそんなものだ。

蛍火が目を瞬《まばた》かせて聞いている。

いま、この瞬間、千古の話が彼女の耳と心に届けば、それでいい。後になって言い過ぎた、しまったと、思うのだとしても。

「私の夢がなんなのか、聞かれてないけど答えるわ。私の夢はね、いつかこの国がまともになったら第二の青嵐女史《せいらんじょし》になることよ。誰もが正后になって子を生め国母《こくも》になれって、うるさい話よ。自分の行き先くらい自分で決めさせて。あなたも自分で己の道を好きな方向に定めなさいよ」

いい加減にして。どいつもこいつも。

千古は、人だ。皆一様に、人だ。

器でも道具でもなく。

「そりゃあ生きてたら、うっかり誰かのために自分を差しだして、道具や器になることもやぶさかじゃないってなることもあるのでしょうよ。他人を助けるために自分の命を差しだす人だっているくらいだもの」

どうしようもない千古を助けるために命を落とすような男だっているんだから。秋長《あきなが》みたいに。

「でも最低限、自分の頭で考えて、そうしたいと思ったときに道具になりなさいよ。私はそうする。なるって決めたら、そのときは武器にでも防具にでも呪具《じゅぐ》にでもなんでもなる。自分で決めたら、なんにだってなってやるわ」

帝のために正后になった。

そして支える。この国をまともなものにするために。

「だけど私はすべてが終わったら正后の座なんて円満に辞めて後宮を飛び出ていつか立派な薬師《くすし》になるのよ。山も海も越えてこの世の果ても越えて猪《いのしし》を倒して油を絞り熊を倒して熊の胃を摑み野生の虎とだって戦って勝ってやる」

そんな未来もあるかもとかつて典侍《ないしのすけ》が言ってくれたから。

千古より先を歩いている同じ性を持つ人がそれを言ったから。

一気に言ってのけたせいで息が荒い。はあはあと肩で息をしていたら、

「虎は」

と、蛍火がつぶやいた。

「なによっ」

ぶんっと蛍火の襟を軽く揺すぶった。

蛍火もやはり息を荒くしている。熱がまた上がったのか、頬が上気し、頼りない目をしている。

なのに、なぜか軽やかにふわっと笑った。

蛍火の唇から小さな笑い声が零れ落ちたのを、千古は、奇妙な心地で聞いていた。

妙に軽やかな笑い声はどこか童女めいていて——鈴に似た音色で、ずっと漂っていたツガルの粘つく甘い香りの瘴気《しょうき》を祓《はら》っていったように感じられたのだ。

途端、開け放していた場所から風が、吹いた。

足もとにたゆたう夏の蒸し暑さがいっときのうちにかき消え、どんよりとしていた頭のなかがふわりと解け、晴れていくような気がした。

「美味《おい》しくない薬……だったわ」

転がり落ちた言葉に「良薬は口に苦いのよ」と咄嗟《とっさ》に返答する。

「信濃の君」

蛍火の声に、信濃の君が応じる。

「はい」

「藤壺の更衣？」

続いて更衣を呼び寄せた。

「いくら正后さまでも虎はさすがに無理よね？」

「はい」

蛍火が続ける。

――じゃあ熊は、いけるっていうの？

熊だってひとりで倒すのは相当無理だと思ったが。

呆然《ぼうぜん》として蛍火の襟から手を離す。

笑われてほっとして――同時にやっと落ち着いた。燃えて煮えた頭の中身がすーっと冷えていく。言わなくてもいいことをたくさんまくしたてた。

自分の正体も夢もなにもかもすべて言い立てた。

――ああ、祓われた。

どうしてかそう思った。

やっとこの場が鎮まって――母と娘の呪いのひとつがきちんと解けた。

それだけではなく、千古自身を縛りつけていた悲しみの呪いもひとつ解けたのだ。

蛍火の目の焦点はまだ合っていない。彼女の唇から零れた告白も、更衣へと見せた冷徹さの欠片《かけら》もない優しい笑みも、いまのこの軽やかな笑い声も――熱とツガルの香で理性を失い、ぼんやりとしているからこそのものなのだろう。

千古は、ゆっくりとまわりを見た。

全員の視線が千古を向いている。

「わかった。虎は無理」

千古が言う。

「そうね」

「そしてね、たぶん〝水鬼の祟《たた》り〟は、水に棲《す》む目に見えない虫がもたらす病だわ」

そしてねと言いながら、まったく話はつながらない。

「病？」

しかし蛍火は素直にそう聞き返してきた。

千古はその乾いた唇に清らかな水を含ませながら、応じる。

信濃の君と藤壺の更衣が我に返ったようになって、慌てて蛍火へとにじり寄り、身体を支えた。

看病をするふたりを、蛍火が目を細めて見つめている。

「いろんなことが嫌になって引き籠《こ》もっているあいだに貴重な本を読んでいたの。渡来の治療書で痘瘡《とうそう》の治療薬ですら載っているような、そういうすごい本だった。そのなかにこれと同じ症例の病気と、その要因、治療薬も載っていた」

人の目には見えない幼虫が棲む水に触れると、肌や口から、その虫が人の体内に宿るのだそうだ。

そして虫は人の身体のなかを巡って育ち、腹に宿り、腹水を溜める。

虫を宿した人は高熱を発し、衰弱し、最終的には——儚《はかな》くなってしまうのだ。

これが水鬼の祟りの正体だ。

「藤壺の更衣から信濃の地の川に棲む水鬼の祟りの概要と、祟られた人たちの症状を聞いたわ。私が読んだ記録と同じだった。月薙国《げっていこく》では祟りとされることでも、外《と》つ国では病と言われ治療されている」

「そう」

わかっているのか、いないのか、蛍火はぽつんとそう返す。

「といっても、薬を飲んだからといって、効くかどうかは半々よ。絶対に救えるとまでは言えないの、ごめんなさいね。でも私はあなたの命の力に期待しているから。きっとあなたは生き延びて——違う夢をその手に摑む、そういう人よね？」

「私が生き延びて思い描く夢は、ひとまず、自分が宵上大臣になることだと思うけれど……それでもよろしくて？」

薄く笑ったその口元は皮肉げだった。

やっといつもの蛍火に戻りつつある。

そっちのほうがずっといいと、千古は、蛍火の口元を手巾《しゅきん》で拭《ふ》く。

「前に、手を組まないかとあなたに聞かれた気がしたわ。あの提案がまだ有効なのだとしたら、こちらはこちらで条件をつける。蛍火さまが女の身で宵上大臣に登り詰めたら、私はあなたと手を組むわ。だから――生きて」

だから――生きて。

この言葉を、私は秋長から手渡され――そして蛍火へとつないでいる。

どうしてまたこんなことにと思うし、秋長がいまの状況を見たら「あなたはここぞというときにいつも詰めが甘いから」と呆《あき》れた顔になるのだろうけど。

甘くてもいい。

命を救うほうが、誰かを屠《ほふ》るより、ずっといい。

蛍火と更衣と信濃の君が千古を見返している。

気まずい思いを押し隠し、明後日《あさって》の方角を見つめると――几帳《きちょう》から顔を覗かせて帝《みかど》が苦笑を浮かべていた。

そうして蛍火が眠りについたのは夜も更けてからのことである。

蛍火の様子が落ち着くまで側についていた千古だったが、後は更衣と信濃の君にまかせ、一旦《いったん》は弘徽殿から離れ登花殿へと戻ったのだった。

深夜になってから静かに帝が渡ってきた。

「正体をばらしてしまったが、それでもいいのか？」

帝が聞いた。

「ええ」

それにどっちにしろ蛍火にはとっくにばれていたようなので、いまさらだ。

「ところで私はあなたが私に隠し事をしていたことに腹を立てているんだけど、それはわかっているの？」

今度はこちらからそう聞き返す。

「わかってる。すまない」

わかっていると言っているが──これは絶対に千古の気持ちを「わかった」という類《たぐい》の理解ではないと思う。

「人の命に関わりそうだと気づいたときには、他人の私事でも、たとえ相手に秘密にすると約束したことでも、おまえに隠さずに伝えることにする。此度《こたび》は本当にすまなかった」

ほら、やっぱり。

つまり──人の命に関わりがないときは、誰かとかわした約束を違《たが》えて千古に秘密を話したりはしないのだ。

──そこが好きだけど、大嫌い。

帝の誠実さの前では、千古もその他の誰かも等しく同じなのだと思い知ってしまった。

もやもやと胸に溜《た》まる気持ちは理性的なものではなく——好きな女には「特別」をくれというそんな我《わ》が儘《まま》でもあるのだ。

「それで、おまえ、この後はどうするつもりなんだ？」

これでもうこの話はおしまいだという感じに帝がそんなことを聞いてくる。おしまいにしたいのなら、おしまいにしてしまおう。千古も己の悋気《りんき》にじっと向き合うのは、そろそろ疲れてしまうので。

「決まりきったことを聞かないで。祟りはちゃんと祓わなくちゃならないわ。呪われたときはきちんと呪詛《じゅそ》は返さなくては」

「やっぱりそういうことになるのか」

帝が小さく笑った。

「なによ!?」

「別に。——愛《いと》おしいなと思っただけだ。おまえは本当に働き者で、一生懸命で、愛おしいな」

「ば……」

馬鹿じゃないのと喉《のど》まで出てきたが、ぐっと呑《の》み込む。帝が馬鹿なのはいまに始まったことではないし、なにより千古自身が相当、馬鹿なことをずっとしでかし続けているのだから。

※

祈禱《きとう》の甲斐《かい》なく弘徽殿の女御《にょうご》の腹の子が流れていったという報《しら》せが後宮を駆け巡ったのはその七日後のことである。

同時に藤壺の更衣もまた帝の子を宿したうえで、その子を儚くしてしまったとの報せも清涼殿に届いていた。

東宮にしろ内親王にしろ帝の次代を継ぐ者を、生み、育てるのが後宮の女たちのつとめ。それを果たせなかったことを女御と更衣は、嘆き、悲しみ、里に下がっての休養の許可を帝に求めた。

帝は女御と更衣に労《いたわ》りと悼みの言葉をかけ、衰弱の激しい身体に配慮して、正后千古の里代わりとなっている一条《いちじょう》の屋敷をふたりの仮の里とし、そこでの静養を勧めた。後宮から近い距離にある屋敷だからというのが帝が一条を推した理由である。

正后は快く帝の命を受け便宜をはかり、女御と更衣は一条の屋敷で安静につとめているのだという。

ここのところの後宮は、幸福と不幸とをひとつにまとめて捻《ひね》り合わせてしまったかのような複雑な様相を見せていた。

が、そもそもが人の世というものはいつもそういうものだったのかもしれない。

圧倒的な幸福も、圧倒的な不幸もなく、幸と不幸と拮抗《きっこう》しあいながら絡み合い日々の流れをつないでいく。昨日から、今日。今日から、明日。そのなかを人は皆、未来に向かって生きていく。

夏の暑さがまとわりつくように蒸している真昼の清涼殿——東庭《とうてい》に丁寧に組まれた薪が、ごうごうと音を立てて燃えている。

吹きあげるように高くなる炎の切っ先が風に揺れ、火花が舞う。

後宮に重ねて起きた此度の不幸を祓《はら》うために帝が僧都《そうず》に頼んだ、浄化の炎であった。

昼《ひ》の御座《おまし》で御帳台《みちょうだい》に座る雷雲帝貞顕《らいうんていさだあき》は、じっとその炎の先端を睨《にら》みつけている。己の眼力で、すべての祟りも呪いも押さえこもうとするかのように。

そこから離れた場所にひとり、小坊主姿の想念が顔を伏したまま置物のようにうずくまり、数珠《じゅず》を手にありがたい経を唱えている。

と——見参《げんざん》の板が二度、鳴った。

清涼殿の孫廂《まごびさし》にある板はひとつだけわざと釘《くぎ》づけされておらず、そこを踏むと音が鳴る。人の出入りをしらしめる鳴り板を踏みつけ、帝を訪れたのは宵上大臣と暁下大臣《きょうかのおとど》のふたりであった。

孫廂にしつらえた席に座り、ふたりの大臣は御帳台の帝の姿を仰ぎ見る。

「おそれながら、あの者は？」

暁下大臣が帝に想念について問うと、帝は「内裏に暗雲が立ちこめているので、懇意にしている坊主を呼びだし、守護を頼んでいる」と説明をした。

雷雲帝は神仏の加護を受けた清らかな帝で、内裏と都をありがたき光で守護しているのだということになっている。

鬼の討伐をし、さまざまな祟りや呪詛を祓いのけ、寺社巡りをし国の安寧を祈る帝のありかたを褒めそやしている以上、その帝が「守護を頼んでいる」という者を追い払うわけにもいかないのだろう。

「さようでございますか」

大臣たちは顔を見合わせてうなずくと、想念の存在を「見ないこと」にした。そこにいる末端の者の姿を意識の外に追い出すのは、貴族たちの得意技だ。

御帳台の背後には几帳と障子が設置され、大臣たちの視界を遮っている。

几帳の裏に誰が座して見守っているかを――大臣たちは知らない。

「――今日おまえたちふたりを呼びたてたのは朝議では話せないことの相談だ。水鬼の祟りについてだ」

帝のひと言に宵上大臣が脇息《きょうそく》にもたれていた身体をまっすぐに正す。暁下大臣はせわしなく膝《ひざ》の上で扇を打ちつけている。

「水鬼の祟《たた》りというのは、腹に鬼の子を仕込み、女を殺す祟りだそうだ。その祟りが信濃《しなの》から、この内裏まで忍び寄ってきているとのことだ。嘆かわしい。俺が守護するこの内裏に〝そのようなもの〟がはびこるはずもないというのに——俺の力をなぜ信じない？　なあ、暁下大臣？」

「え……、さて、それはどういう」

暁下大臣は戸惑った顔になり帝に聞き返す。

「此度の弘徽殿と、藤壺での不幸を、水鬼の祟りのせいだとふれまわっている者がいる。調べさせたところ、その噂《うわさ》をふれまわっているのは暁《あかつき》の下家《しもけ》の者のようだ」

「それは……まったく存じておりませんでしたが……たしかになんとも嘆かわしい話でございます。すぐに、その者を探りだし、きちんと言ってきかせます」

暁下大臣は驚いて見せ、そんなことを言う。

自らが、正后に対立する女御更衣を出したくないがために率先してふれまわらせた噂だとは、おくびにも出さない。

「うん。正后の家からそのような話が出たとなると、いろいろと面倒なことになる。正后の呪詛が水鬼を呼んだなどと、痛くもない腹を探られかねない。俺としては、ことを大きくはしたくない。俺は正后のことをとても大切にしているのだから——あれの後ろ盾に傷をつけたくないのだよ」

「……はい」

「ならば、よい。ただの噂でしかないから、どうしろとも言えぬがな。本物の祟りなら、祓わなくてはならないが、噂の範疇《はんちゅう》ならば暁の下家も正后も困ることはないだろう」

にこりと笑って、帝が丸くおさめようと話をまとめる。

「とはいえ、一度、流布された噂をなにもかもなかったことにするのは、不可能なのが悩ましいな」

物憂げに告げると、

「いえ、可能でございます。流布した者をとらえて、それに責任を果たさせますゆえ」

暁下大臣が、さっとひれ伏し、請け負った。

きっと末端の、事情もわからぬ者を数人引き連れて「噂を流したのは、この者たちでございます」と差しだして、それでなにもなかったことにするのだろう。貴族というのは、皆、同じだ。責任を取らされた誰かを贄《にえ》にして、人びとは、聞いた噂の記憶を右から左へと押し流し、器用に「なかったこと」にする。同じように贄にされるのは、ごめんだからだ。

「そうか。その者が見つかるなら、責務を果たさせた後に、俺のもとに連れて参れ。非情なことはするまいよ。正后の家の者には、情けをかける。俺は情に篤《あつ》いのでな」

「はっ」

帝《みかど》が視線を上げた。

つられるように大臣たちもその視線の先を追う。

東庭の薪の炎がひときわ大きく燃えさかる。揺らいだ熱が炎のまわりを取り巻いて、向こうの景色が歪《ゆが》んで見えた。

蟬《せみ》が鳴いている。

蟬時雨《しぐれ》と共に、小坊主の読経の声がゆるゆるとその場にいる者たちの耳に届く。

「弘徽殿の女御と藤壺の更衣の腹の子は――間違いなく俺の子だ。子は宝。腹の子は鬼の子でもなく、我が子。祟りなどではない。それでいいな？」

「はっ」

暁下大臣は眉間《みけん》にしわを寄せている。

宵上大臣は満足そうに、うなずいた。

「俺に御子《みこ》をと皆が望んでいることを、知らないわけではない。それがつとめだと俺もわかっているし、後宮の女御更衣たちもそのつもりで過ごしていることだろう。俺はわざわざ信濃にまで出向いて藤壺の更衣を娶《めと》ったのだ。なんの努力もしていないというわけではないのは、わかってくれているな？」

「もちろんでございます」

大臣たちの声が揃った。

帝が「うん」と静かにうなずいた。鷹揚《おうよう》な仕草が身について、なんとも立派な為政者ぶりである。

「信濃には──鬼がいた。俺の行幸に付き従ってくれた数多《あまた》の者が、信濃の鬼のせいで、儚《はかな》くなった。しかしその鬼を、俺は、封じてきたのだよ。それもわかってくれているな？」

「はい。まことに主上は素晴らしく……」

賛辞の言葉を続けようとしたのだろう暁下大臣を視線だけで制し、帝が続ける。

「信濃にいたのはまさしく水の鬼だった。水鬼を封じた樽《たる》を持ち抱え、俺は都まで戻ったのだ」

「え？」

「いま庭で燃えているのは、その樽だ。水鬼を封じた樽だ。祓うために護摩と共に燃やしている。そのための、そこの小坊主だ」

「………」

「調べてみたが、水鬼の祟りは、俺が行幸に使った道を伝って都を訪れようとしている。俺が水鬼を連れてきたと言われるのも、否定できぬ」

大臣たちは、互いに必死に胸の内であらゆる算段をしているのだろう。口を噤《つぐ》み、それぞれに帝の様子を窺《うかが》っている。

「否定はできないが――肯定もできぬ。俺は間違いなく水鬼を封じたのだからな。なにもしなければ、あのように――水鬼はなんの祟りも起こすことなく火で浄化されるはずだった。俺が封じた鬼を解き放ち、行幸の道みちで、樽の水をばらまいた誰かが水鬼の祟りを運び寄せたのだ」

いま、その者については調べさせている。

おってその者の裁きを通達することになるだろう。

祟りを運び入れた罪は重い。

その者の上に立つ誰かにはきちんと責務を果たしてもらうことになるのだろうが。

帝は大臣たちを見ず、庭の炎だけを見て、独白のようにそう告げた。

「ところで――宵上大臣は弘徽殿の女御《にょうご》の安産を祈願して加持祈禱をいくつもの寺社に依頼したと聞いている。正しいか？」

「はい」

ゆるりと視線を戻し、大臣を見て笑顔になる。

「そうか。馴染《なじ》みの僧都たちからも、宵上大臣の願いについてを細かく聞いていた。鄙《ひな》にいたときはさほどでもなかったが、冠を得て以来、寺社との縁を深めていこうとつとめている。そこの想念と知り合ったのも、その流れだ」

「立派な心がけでございます」

大臣たちが平伏する。

「安産のためにと、特別に清めた水を、弘徽殿の女御に竹筒に入れて渡してくれたと女御から聞いた。宵上大臣は俺のためにそこまで心を砕いてくれていたのだな」

「家臣としては当然のことでございます」

宵上大臣の言葉に、帝は「うん」とうなずいた。

「想念、女御たちにもらった竹筒をこちらに」

「はい」

小坊主は読経を止め、懐から竹筒を二本取りだして両手に持つと、平伏《ひれふ》したまま大臣たちへと膝行《いざ》っていった。

「その竹筒は——これだろうか」

ひとつには鬼子母神《きしもじん》の札が貼付《ちょうふ》されている。もうひとつは同じ大きさで、似たような竹筒だが、札はない。

「はい。こちらの真言のお札の貼られたほうは私が弘徽殿の女御に渡したものでございますれば……」

蝉の音が止《や》んだ。

つかの間の静寂のなかで、帝の声が強く響く。

「ならば、それは呪詛《じゅそ》だ。おまえは俺の子に呪詛を投げたのだね。その鬼子母神の札は逆に貼られているではないか。安産の祈禱《きとう》といいながら、子が流れるようにと呪いをかけた。どうしてそのようなことをしたのだ？」

「いったい、なにをおっしゃっているのですか？　これは安産のお札でございますが……逆とは？」

宵上大臣がいぶかしげにそう聞き返す。

「竹筒の蓋《ふた》をはずしてなかのものを取りだしてみればいい」

「え……ですが」

小坊主が札のついた竹筒をずいと突きだす。宵上大臣はうとましそうに顔をそむけ、手を出さない。

「取りだせないと、そう言うのならそれはやはり呪詛だ」

「そのようなわけでは……」

宵上大臣は竹筒を手にし、蓋を開ける。おそるおそるなかを覗《のぞ》き込む。眉《まゆ》をひそめて、手を顔からできるだけ遠ざけるようにして長くのばし、片手で竹筒を傾けた。

「なかは空のようですが」

「いや、空ではない。取りだしてみろ」

きつく命じられ、いぶかしげに竹筒を逆さに振った宵上大臣の顔色がはっと変わった。

──竹筒を逆さにすれば、貼付した札の上下も逆になる。

宵上大臣が帝の顔と竹筒とを見比べた。

「わかったか？　そういうことだ。中身を出そうとすると安産の守り札も逆になる。逆さにしたことでおまえがかけた守護の力はすべてそのまま呪詛になる。加持祈禱が、この竹筒によって、逆さと変じ、大きな呪詛と祟りとなった」

「そんなことは……」

詭弁《きべん》だ。

言っている側は、これが詭弁だとわかって、そう言っている。

しかし守護も呪詛も「そういうもの」だ。口に出して人に告げることで、言霊というものは発動するのだ。守護を逆にしたら呪詛になるのだ。先に「そう」と告げた側の、声の大きさと立場の強さが、すべてを決める。

「おまえの呪詛は強すぎた。同じ竹筒を持つ更衣のもとにまで届くほどに。弘徽殿の女御だけではなく、更衣の腹に宿った宝まで、おまえが屠《ほふ》ってしまったのだ。噂を流した程度の罪ではない。水鬼を都に呼び寄せた罪同様に、この罪は重い。流刑に相当するものだ」

謀られたのだと気づいたのか、宵上大臣の顔から表情がするっと抜け落ちた。

「なにをおっしゃっているのか、わかりかねます。私はそのような意図は一切ないのです。な……なんでしたら弘徽殿の女御にもお聞きください。弘徽殿の女御なら私が心から安産を望んでいたことをわかっていてくれるはずですから」

しかし「札の貼られた竹筒は自分が渡した」と、もう告げている。逆になる札を貼ったまま「加持祈禱をいくつもの寺社に依頼した」とも告げている。

帝の前で、もうひとりの大臣がいる場所で、一度告げてしまった言葉を翻すことはもうできない。

「なるほど。弘徽殿の女御を……か。そうだな。証人として呼ばねばなるまいな」

そうして帝は「弘徽殿の女御、藤壺の更衣」と呼びかけた。

帝の声に、几帳《きちょう》の陰からふたりの女が姿を現す。

共にやつれてはいたが——鮮やかな美女が揃って、その顔を大臣たちにさらしたうえで前へと進み、平伏した。

「まだ身体も本調子ではないのに呼び立ててすまなかった。だが、これは大事なことなのでな。俺に話してくれたとおりのことを、ここで証言してくれないか？」

ひどく優しい声である。

「はい。主上。仰せのままに——」

蛍火が先に顔を上げ、病み上がりのか弱い声で言った。

「宵上大臣は私にその札のついた竹筒をくださいました。そのときに、私の……腹の宝に……仇《あだ》なすような怖ろしい話をしておられました……。私はたしかにその竹筒と、大臣の言葉で呪詛されたのです。宵上大臣に呪われて、それで腹の宝を失ったのです……。悲しくてなりません……」

次に更衣がきっと顔を上げ、続ける。

「あたしは宵上大臣とは話をしたこともございません。ですが、あたしの入内《じゅだい》のときに、あたしの運び込んだ樽の水を道みちで抜いていったのが宵《よい》の上家《かみけ》の者だというのは、うちの女官たちに聞いて、知っております」

「その樽というのは──水鬼を封じたもので間違いないな？」

「……はい」

止んだ読経のぶんを埋めるかのように、蟬がいつのまにかまた鳴きはじめている。夏の暑さを攪拌《かくはん》する蟬の声に紛れ、鳴り板が、ばたりばたりと相次いで音を立てた。

「……私はそのようなことはしてはおりません」

宵上大臣が立ち上がり、帝に強く言い募る。

が、帝は聞く耳も持たぬというように、無慈悲に首を横に振る。とりつくしまのない完《かん》璧《ぺき》に美しい冷たい顔で、鳴り板を踏んでやって来た弾正台《だんじょうだい》の官吏たちに、視線を投げる。

「宵上大臣に蟄居《ちっきょ》を命ずる。連れていけ」

僧都《そうず》たちにはすでに話はつけてある。陰陽寮《おんみょうりょう》も対立することなく、帝《みかど》の糾弾を受け入れ、従うだろう。宵の上家の者が「水鬼の祟《たた》り」を解き放ったことについての証言は確実なのだから。

——宵上大臣は国家転覆を狙う不敬な輩《やから》として罪を問われ、流罪になる。

そういうふうに手はずは打った。

たまには下の者の罪を上の者に押しつけ、頭を切って始末しても罰は当たらないだろう。

しっぽを切ることで逃亡を図る貴族たちは一度は灸《きゅう》を据えられるべきだ。

そして「こんなこともあるのか」と今回の事件の顛末《てんまつ》に、肝を冷やして、震えるがいい。

帝と、後宮の女たちが、手を握ることで——この国は変わっていくのだ。

終章

――この草はドクダミよ。なんにでも効くありがたい薬草なの。

ごうっと音をさせて強い風が吹き、男は畑に生えたドクダミをむしり取る手を止めて彼方《かなた》を見た。

誰かに話しかけられたような、そんな気がしたのだ。

手にした雑草を胡乱《うろん》に見る。

この草はドクダミだ。だからなんだというのだ？

男は首を左右にゆるく振り、雑草を根っこごと引き抜いて、脇に捨てる。

「どうしたの？」

すぐ隣で腰を屈《かが》め畑の手入れをしていたひさが、顔を上げて尋ねる。

「いや。なんでもない。ただ……風が強いなと思って」

「そう？　このへんはいつも風が強いのよ。あっちの山に当たって、それがそのままはね返ってくるもんだから」

「そうなんですね」

ひさが額に滲《にじ》む汗を手の甲で拭《ぬぐ》って、笑顔になる。

適当に顔を拭《ふ》くものだから、土の汚れがそのまま顔についてしまっている。

男は身体を屈め、身につけた野良着の袖《そで》で、ひさの顔を軽く擦《こす》った。

「な……に……？」

「だって、ほら、ひささんが無頓着《むとんちゃく》に汗を拭うから。かわいい顔が、汚れてしまいましたよ。拭かせてください」

「ぐ」と「ん」の中間みたいな妙な声をあげて、ひさは頬を真っ赤に染めた。

――愛らしいな。

ぼんやりと男はそう思う。

こんなふうに愛らしく頬を染める女性を、自分はかつてどこかで見てきたような気がするが――どうしてか思いだせないのだ。

「このへんの風は、あんたにとって、聞き慣れない音なの？　だったら、あんたが前に暮らしていた場所はあまり風が吹かないところだったのかもしれないわね」

うつむいて、ひさがそう言った。

「そうかもしれないですね。はい、汚れは落ちましたよ」

手を離すと、ひさが「ありがとう」と小声で言った。

「ねぇ――まだ自分のこと、思いだせないの？」

「はい。さっぱり、わかりません」

土に差し込んだ鍬《くわ》に身体をわずかに預け、男は爽《さわ》やかに笑って応じる。

男は、春先に信濃《しなの》で小さな戦が起きた後に、ひさに、川べりで拾われた。

ひどい怪我《けが》を負い意識を失って川を流れてきた男を、最初は死体だと思ったのだとひさは言う。

男が飲み込まれ、流された川は、ひさの暮らす村の付近で大きく曲がってゆるやかになる。

そのせいなのかもしれない。

ごくたまに急流の川が押し流したものが、ひさの村のあたりで浮かび上がって川辺に打ち上げられるのだとか。

ひさは男を見つけたとき、ためらったのだそうだ。

放置していれば野生の獣の餌食《えじき》になる。そしていつか腐って土となる。

墓を作ることはできないが、せめて弔いに花の一輪でも手向けようと、ひさは男に近づいた。

が——男は、ひさの手にしていた花の葉を呼気で揺らしたのだ。

——まさか生きてるなんて思わなかったから驚いた。

生きているのなら助けなくてはならないと、ひさは必死で、村に人を呼びに走って——

男はそのままひさの家に担ぎ込まれた。

ひさが看病してくれたおかげで、男はどうにか目覚めることができた。

いま男が生きているのは、すべてひさのおかげだ。

「なにか少しでも思いだせたらいいのにね。きっと家族が待っている。おうちに帰りたいでしょう?」

ひさが言う。

「どうでしょう。家族なんていないのかもしれない。誰も僕のこと待っていないのかも。だって僕はひとつとして覚えていないんだ。自分がどこで、なにをしていたのか」

そう返したのは、ひさが切ない顔をしているからだ。

ひさの家には、ひさしかいない。

ひさの親も祖父母も、昨年の流行病《はやりやまい》で亡くなったのだと、男の看病をしているあいだにひさはぽつりぽつりと教えてくれた。

深く掘った穴に屋根をあしらった粗末で狭い家だけど、家族がいなくなってひとりぼっちになったらずいぶんとがらんとして広くなって寂しかったから、あなたが寝ててくれてちょうどいいよ、と。

そんなことを言って、男の汗を拭うひさに、男は懐かしいものを感じたのだ。

野草を利用して作った塗薬やドクダミのお茶を飲ませるひさのことを、ほうっておけないような気がしたのだ。

それで——少しずつでも気力を振り絞ることにした。

目を開けて、半身を起こせるようになり、立ち上がる。立てるようになったら、歩く。歩いて次は家のなかでできる手伝いをする。さらに外に出て畑を耕し、草を抜く。

日々を過ごしているうちに、夏になり——そろそろ秋が近い。

「忘れてしまいたいような家族だったのかもしれない」

「そんなこと言っちゃだめだよ」

むっと唇を尖《とが》らすひさは、やっぱりとても愛らしい。

「ひささんは、いい人だなあ」

「なに言ってるのよ。あのね？　あんたが戦で戦うような人だっていうことはわかってるのよ。身につけているもののなかで素姓がわかるものはなんにもなかったけど、それでも——きっと、いいうちの人だったんだろうなって……」

「なんでです？」

「顔とか話し方とか見てれば、わかる。なんだってすぐにできちゃうし、いろんなことを知ってるし、文字だって読み書きができるじゃない」

ふとしたときに、読み書きの話になって当たり前のように文字を地面に棒で書きしるしたら、ひさが目を丸くした。

「不思議なものですよね。自分自身のことはなにひとつ記憶にないのに、そんなことだけ憶《おぼ》えてる。頭が忘れてても、身体が憶えているのかな？」

ならばもしかしたら自分はいい家の生まれなのかもしれない。

でも——それがなんだというのだ？

「もし思いだしたとしてもね……戦に出たときにどっちの側だったのかは、言わないで」

ひさが口ごもって、うつむいた。

信濃の側か、都の側か。

都の側の男なら、ひさは敵を助けたことになる。知らないままなら置いておけるが、もしはっきりとわかったら、ひさは男を追い出さなくてはならなくなるから。

「大丈夫。どうせ思いだしやしませんよ」

男は笑う。

「なんでそんな暢気《のんき》に笑っていられるの。思い出をなくしたら悲しいでしょうに」

「どうなのかなあ。だって実際に思い出はひとつもないのに、僕はいま、ちっとも悲しくないんですよ？」

ひさが「むぅ」と口を引き結び、困った顔をする。

——思いださなくても、わかりますよ。

ひさのまわりの男たちは誰も自分のことを知らないから。近隣の村に聞いてみても誰も自分を知らないから。助けられた男がいると聞いて訪ねてきた人たちが皆、残念そうに「この男じゃない」とうなだれて去っていくから。

自分はきっと都の側で戦っていたのだろう。

どうやら次にまた戦が起きるらしい。

信濃だけではなく、都から鬼と断じられて討伐された山びとたちがひとつに集い大きな戦を仕掛ける流れがあるという話が、男の過ごす村で村人たちの口にのぼったのを、男は聞いている。

——薬草を抜くときは根の先まで丁寧に抜いてよね？　引っこ抜いてそのへんに置くなんて手抜きはしないでよ。もう。

誰かに文句を言われた気がした。

振り返って声の主を探すが、そこには誰もいない。

「……薬草の根なんて、別に」

男は首を傾《かし》げる。

なにかの拍子に耳に蘇《よみがえ》るこの声が、目覚めたときの男の脳裏に響いたから自分の名前だけはわかっているのだが――。

「きっと僕は、忘れたいようなことがあったから、すべてを忘れたんじゃないかな。それならもう二度と記憶は蘇ったりしないんだ」

ひさがなんとも言えない顔をした。喜んでいいのか悲しそうにするべきかと迷いに迷った結果なのだろう。百面相になっている。

「次に戦があったら、心配しなくても、僕はひささんの側で戦いますよ。だって命の恩人だから」

「うん」

ひさが、こくりとうなずいた。

男はまだもう少し、ひさとの平穏な日々を重ねていける。

自分が何者なのかを知るのは――その先だと男は再び鍬を手に作業に戻ることにした。

【参考文献】

・『薬草カラー大事典　日本の薬用植物のすべて』伊澤一男／主婦の友社
・『有職装束大全』八條忠基／平凡社
・『増補　へんな毒　すごい毒』田中真知／ちくま文庫
・『平安の春』角田文衛／講談社学術文庫
・『平安時代大全』山中　裕／ロングセラーズ
・『身近な薬草活用手帖　１００種類の見分け方・採取法・利用法』寺林　進（監修）／誠文堂新光社

お便りはこちらまで

〒一〇二—八一七七
富士見L文庫編集部　気付
佐々木禎子（様）宛
サカノ景子（様）宛

富士見L文庫

暁花薬殿物語《きょうかくすどのものがたり》　第五巻《だいごまき》

佐々木禎子《ささきていこ》

2021年2月15日　初版発行
2024年9月20日　5版発行

発行者　山下直久
発　行　株式会社 KADOKAWA
〒102-8177　東京都千代田区富士見2-13-3
電話　0570-002-301（ナビダイヤル）

印刷所　株式会社 KADOKAWA
製本所　株式会社 KADOKAWA
装丁者　西村弘美

定価はカバーに表示してあります。　◆◇◇

●お問い合わせ
https://www.kadokawa.co.jp/（「お問い合わせ」へお進みください）
※内容によっては、お答えできない場合があります。
※サポートは日本国内のみとさせていただきます。
※Japanese text only

ISBN 978-4-04-073990-8 C0193

薔薇十字叢書

桟敷《さじき》童《わらし》の誕《いつわり》

著／佐々木禎子　イラスト／THORES 柴本　Founder／京極夏彦

「ずるいぞ。本物の妖怪ならば僕も見たい」
榎木津、映画館に現る

関口の“弟子”から映画館に繁栄をもたらす妖怪・桟敷童の噂を聞いた榎木津は、下僕を従え妖怪探しに乗り出した。だが榎木津が見たものは美しい少女の死体で……。童を生み出す女は鬼か神か。京極堂はどう幕を引く?

富士見L文庫

薔薇十字叢書
風蜘蛛《かぜぐも》の棘《いばら》

著／佐々木禎子　イラスト／THORES 柴本　Founder／京極夏彦

「東京ローズを捜して欲しい」
名探偵・榎木津。今度の依頼は「声」捜し！

戦時中ラジオで暗躍した女性「東京ローズ」。元 GHQ 職員から探偵・榎木津に依頼された東京ローズ捜しはやがてバラバラ殺人と交錯。手がかりは声。人の記憶を視る榎木津の目が届かない薔薇の潜みに存するのは誰か？

平安後宮の薄紅姫

著／**遠藤 遼**　イラスト／沙月

「平穏に読書したいだけなのに！」
読書中毒の女房が宮廷の怪異と謎に挑む

普段は名もなき女房として後宮に勤める「薄紅の姫」。物語を愛しすぎる彼女は、言葉巧みな晴明の孫にモノで釣られては宮廷の謎解きにかり出され……。
「また謎の相談ですか？　私は読書に集中したいのです！」

【シリーズ既刊】 1～2巻

富士見L文庫